中国历代励志故事小讲
勇武篇

高清平 著
赵 晶 绘

中国林业出版社

图书在版编目（CIP）数据

中国历代励志故事小讲. 勇武篇 / 高清平著；赵晶绘. —北京：中国林业出版社，2019.5
ISBN 978-7-5219-0059-0

Ⅰ.①中… Ⅱ.①高…②赵… Ⅲ.①历史故事—作品集—中国 Ⅳ.①I247.81

中国版本图书馆 CIP 数据核字（2019）第 077362 号

中国林业出版社·建筑分社

责任编辑：纪亮　樊菲
特邀编辑：胡萍

出版	中国林业出版社（100009　北京市西城区德胜门内大街刘海胡同 7 号）
	http://www.forestry.gov.cn/lycb.html　电话：（010）83143610
发行	中国林业出版社
印刷	北京中科印刷有限公司
版次	2019 年 5 月第 1 版
印次	2019 年 5 月第 1 次
开本	1/16
印张	5.5
字数	100 千字
定价	118.00 元（全 3 册）

前言 FOREWORD

本书为系列书籍，此次出版的是第一辑。本辑由《勇武篇》、《文仕篇》、《仁者篇》三本组成，主要是用大家耳熟能详的小故事讲述一些基本的做人的道理，从而使读者深刻了解中华文明数千年以来传承的脉络。

孩子的未来不仅仅是他自己的未来，也是整个家庭的未来。从更大一点的角度说，他们的未来也是国家的未来，更是一个民族的未来。

现在的孩子们一出生就面临着一个知识爆炸的互联网时代，和笔者及其几乎所有长辈的生长环境都不相同。此时此刻，很多长辈们的成长经验与经历几乎无法很好地引导孩子们。如何正确地面对这样的互联网时代？如何让孩子们正确地利用互联网而不是单纯地沉溺于互联网？对于这个方向上的家庭引导，笔者在本系列书籍中有意识地做了一些尝试，希望在家庭中产生良好的互联网应用氛围，从而进一步引导孩子在互联网应用方面形成良好的习惯。从另外一个角度来说，这也是在高效地、正能量地利用互联网。

孩子一出生就接触家庭，然后是幼儿园和学校，再逐渐接触整个社会，对每一个孩子来说，原生家庭的教育，也就是父母的言传身教，都是至关重要的。其实对年轻的家长来说，孩子成长的过程也是年轻父母走向成熟并逐步成长的过程，也是年轻父母从年少气盛、曼妙青春走向成熟稳重的自我成长。孩子步入校园，开始系统性学习知识的同时，也接触到了校园这个相对单纯的小社会。所以家庭教育、学校教育、社会教育的三位一体，才是对孩子在如何做人这个环节上的全面教育。

笔者从小生长于一个教师家庭，父亲一辈子从事教育工作，对笔者的成长影响至深。笔者创作此系列书籍总共用时约两年，也是希望以此表达对去世十多年的父亲的缅怀。

然而，在全新的互联网时代，家庭、学校、社会如何在孩子正确做人这方面进行三位一体的全面的、系统的教育，这是一个复杂的课题。笔者用这一系列书籍从某一个角度掀开这个课题的一角，抛砖引玉，希望家长、老师们给予斧正。

希望每一个孩子读完这套系列书籍后，在家长、学校、社会的帮助下都能深刻了解中华文明传承的奥秘，同时，也能正能量地面对互联网，并能正确地利用互联网，能够学会从海量信息中分辨是非良莠，从而端正自己的人生态度，少走弯路。

祝福孩子们都有一个平安、健康、幸福、快乐的人生。人生较长时间的平淡无奇，并不意味着永远没有机会光辉灿烂。孩子们，一定要好好珍惜人生的每一天。

高清平

2019年1月10日凌晨

目录

contents

前　言
篇首语

- 一、盘古开天辟地　　5
- 二、后羿射日　　8
- 三、黄帝、炎帝大战蚩尤　　11
- 四、舍生取义　　15
- 五、纪昌学箭　　19
- 六、木兰从军　　23
- 七、韩信四面楚歌灭项羽　　27
- 八、霍去病封狼居胥　　31
- 九、十三勇士归玉门　　35
- 十、周处浪子回头　　39
- 十一、杨业抗击辽国捐躯　　43
- 十二、岳飞精忠报国抗金　　47
- 十三、郑和七下西洋　　51
- 十四、戚继光灭倭　　55
- 十五、郑成功收复台湾　　59
- 十六、左宗棠平定南北疆　　63
- 十七、红34师血战湘江　　67
- 十八、飞夺泸定桥　　71
- 十九、朱德的扁担　　75
- 二十、上甘岭战役　　79

篇首语

　　本书为系列书籍，这是第一辑，共三册，此文为每一册的篇首导入文。

　　人物：班主任、男生糖糖、女生果果。

糖糖、果果开学了——开学第一课

　　班主任：我们都是中国人，每逢周一上午，全校师生都会升国旗、唱国歌，可是同学们了解中华文明吗？

　　中华文明是全球四大古文明之一，四大古文明指古埃及文明、两河文明、古印度文明和中华文明。这四大古文明都有五千年以上的历史。但是发展至今，除中华文明以外的三个文明都发生了严重的断代或者文化变异，而唯有中华文明，不仅保持了严谨的传承性，而且还随着时代的发展，不断地包容、吸纳各时代先进的文化因子，与时俱进，给世界文明留下了光辉灿烂的独特篇章。

　　中华文明源远流长，在文字产生以前，文明的传承方式都以神话故事、口口相传的形式为主，真正有遗址和文物出土，能够以实物证明的中华文明史始于夏、商、周，商、周更是有文字记载。在此之前的三皇五帝（著名的尧、舜、禹即为夏之前的三帝）时代鲜有文字记载。夏朝约始于公元前21世纪，距离现今的21世纪约有四千多年，再加之三皇五帝的历史，所以，一般意义上来讲，中华文明至少有五千年以上的传承史。

　　夏、商、周是奴隶制国家，夏朝、商朝是部落制管理的国家，带有一定的原始社会色彩，周朝正式进入诸王分封制国家。周朝分西周和东

周两个时代，东周又大致分春秋和战国两个时代。

秦朝开始成为封建制国家，并出现了郡县制，即国家直接派遣官员管理郡县的国家治理形式，并实现了第一次国家意义上的大一统，这些管理方式影响至今。

汉朝分西汉、东汉两朝，是中华文明的重要发展时期。两汉政权稳固，国力强盛，"汉"的称谓通过丝绸之路走向世界，我国的主体民族汉族也因此得名。

汉末以后的三国时代，是秦朝大一统后的第一次分裂割据，虽然随后的两晋即西晋和东晋有了短暂的统一，但随之而来的南北朝时期却是一个较大的、长期南北分裂的局面。南朝有宋、齐、梁、陈四个小朝廷，北朝有北魏、西魏、东魏、北齐、北周五个小朝廷。

隋朝实现了中国历史上的第二次大一统，完善了六部制的行政管理体制和以大隋律为基础的法律体系，并在人才选拔机制上采用当时非常先进的科举制。这些创举都被后续朝代沿用，其产生的影响至今仍有存留。

唐朝不仅是中华文明发展的一个鼎盛时期，而且名声远播至全世界。大唐吸取了晋、隋两朝统一非常短暂的教训，唐初的几位皇帝基本都坚持不过度扰民的治国理念，所以唐朝迅速强盛起来。大唐是当时全世界国家治理、文明发展的典范，同时期的中华文明也吸纳、包容了很多其他的文化因子，使得"包容"成为了中华文明一个至关重要的特征。因此，中华文明具备了强大的生命力。

唐朝以后，中华大地进入了分裂割据最严重的五代十国时期。五代十国指这段时期影响力较大、存续时间较长的朝廷，影响力更小的割据政权更是多如牛毛。

五代十国以后的两宋，也就是北宋和南宋，虽然都没有真正统一中国的北方，因为同时期北方的少数民族政权有辽、金、西夏，他们与两宋长期共存。

元朝实现了中国版图的第三次大一统。元朝是中华大地上首次出现的由北方游牧民族建立的大一统政权,此后的明朝、清朝两朝也都是大一统的朝代,所以从元朝以后,大一统的思想一直在中国人心中占据着重要的地位。

明朝是汉族建立的大一统时代,清朝由满族人建立。清朝的康雍乾盛世是中华文明的又一次辉煌,也是以农耕文明为代表的中华文明第三次达到世界发展史上的巅峰。

然而,这次巅峰之后,中华文明迎来了约两百年的低谷。过度重视农耕,再加之封建统治阶级的自我封闭,中国在工业化的大潮面前落伍了。落后就要挨打,中国在清朝末期陷入了半封建、半殖民地社会。

1840~1949年,中华大地上的国人,在苦苦追索彻底拯救中国的道路上坚持了一百多年,终于迎来了中华人民共和国的成立,又经过六十多年的艰苦努力后,让以农耕文明为特征的中华文明极大地包容了工业文明的因子。如今,中华大地上的工业产值已据全球前列。这不仅说明了中华文明拥有强大的包容性,更彰显了中华文明强大的生命力。与时俱进,中华文明将创造中国历史上的又一次辉煌,中华文明即将迎来第四次发展的巅峰!

同学们,中华大地五千年的文明史就简单介绍到了这里。在这里衷心地希望同学们能投身于祖国的发展建设,完成历史赋予你们这一代人的使命,重塑中华文明新的辉煌。

今天我讲的这些,你们现在不一定能够全部理解,这没有关系。希望你们发奋学习,多多读书,能够早日彻底理解这堂课的内涵。

同学们,祝你们健康成长每一天!

中国有一则神话，传说在距今三百多万年前，世界并非像今天这个样子。那时候，没有天，没有地，没有白天，也没有黑夜。那时候，天和地是没有分开的，整个世界连在一起，混沌一片。

巨人盘古就在这样一个混沌的世界里睡啊睡，一直睡了一万八千年。这一天，盘古醒来了。他睁开眼，发现周围一片黑暗，什么都看不见。他揉了揉眼睛，仍然见不到任何亮光。

盘古抡起大斧头用力劈了一下，只听"咔嚓"一声巨响，天、地间分开了一条缝。盘古怕天、地再重新合到一起，于是用手托起天，用脚撑住地。天地之间较轻的物质逐渐升起，较重的物质逐渐下沉，天地间的距离越来越大，盘古的身体也随之变高、变长。

天、地分开之后，周围就不再黑暗，整个世界也逐渐明亮起来。盘古觉得这样的世界舒服多了。于是他就一直用手托着天，脚踏着大地。就这样，天每天都在升高，地每天都在增厚，如此经过了一万八千年。

有一天，盘古稍微松了一下手，挪动了一下脚，感觉天与地并没有想要重新合在一起的样子，盘古放心了。他实在是太累了，双臂无力地垂下、双腿也站立不住，整个身体都倒了下去。

盘古倒下后，身体发生了变化：他呼出的气息变成了风，发出的声音变成了雷；他的双眼变成了太阳和月亮，他的四肢变成了东、南、西、北四极；他的骨骼变成了雄伟的山脉，他的血液变成了大江大河；他累倒时，流下的汗水变成了滋润万物的雨和露……

这就是人类的老祖宗盘古，用他的整个身体创造了美丽、富饶的世界。从此，天上有了日月星辰，地上有了山河树木，万物生长，世界开始变得充满生机。

清平点评：

关于天地之间万物的来源，东西方各自有不同的神话传说。中国的代表作就是盘古开天辟地，西方的代表作是上帝创造万事万物。这里面最大的区别是，盘古是个巨人的形象，后来被认为是人类的老祖宗，变成了神；而西方的上帝是纯粹的、神圣不可冒犯的神。

在中国的很多神话故事里，人和神并不是严格区分的，甚至人和神还可以互相转化。人可以修身养性变成神，神羡慕人世间的生活也可以下凡变成人。但在西方，上帝就是高于一切的神，不可能变成人，人也永远不可能变成上帝。

所以说，中国的很多神话故事鼓励人向天地、向神仙争取人类的利益，而并非单单地求天地、求神仙，要充分发挥人的主观能动性。而在西方，人与上帝之间的通话就只能是求神，而且态度越虔诚越好。

二、后羿射日

后羿是古代的神箭手，力气非常大，射得非常远，而且百发百中，民间很多人都知道他的盛名。

传说很久以前，太阳有十个兄弟，他们每人每天出来一次，轮流当值，中规中矩。一个太阳兄弟出来时，其他九个兄弟都待在家里不出来。由于太阳十兄弟长得几乎一模一样，老百姓还以为只有一个太阳呢。

这样一直轮流值班很多年，十兄弟也算恪尽职守，人间风调雨顺。

然而有一天，太阳十兄弟中的一个说："每天都这样太枯燥乏味了，一个一个地出去玩多没意思，不如我们一起出去玩。"于是，不知从什么时候开始，也不知道哪个太阳兄弟首先破坏了规矩，太阳十兄弟就变成了经常一起出来。甚至于后来天天如此。

这下可苦了大地上生活的人们。十个太阳散发出的热量把大地上的水几乎全烤干了。农作物失去了水就无法生长，并逐渐枯萎。这就造成了农作物的严重减产。大地上的人们开始吃不饱肚子，生活变得非常艰难。

于是，后羿决定帮助人们脱离苦海，他带上好多支箭、干粮和水，要到最接近太阳、最遥远的那座山上去。他翻山越岭走了很长时间的路，终于来到了目的地。

他吃了些食物，喝了些水，对着太阳十兄弟大声说："你们以前不是每天只有一个太阳出来吗？现在怎么都一起出来啦？你们一起出来就太热了，大地上的水和农作物都被烤干了，大地上的人们都活不下去了。"

太阳十兄弟一点儿也听不进去，说："我们喜欢一起出来玩，这多热闹啊？要你管？你哪儿凉快哪儿待着去？"他们还真是会说风凉话，天上同时出现十个太阳，哪里还有凉快的地方啊！

后羿见状不再说话，养精蓄锐一会儿后张弓搭箭，拉满弓瞄准了其中的一个太阳，只一箭就把它射落了，落地过程中太阳逐渐失去光芒，最后沉入海底。其他几个太阳兄弟开始惊慌失措。

后羿大受鼓舞,连发九箭,箭无虚发,直到天空中只剩下一个太阳。剩下的太阳兄弟求饶说:"后羿请不要再射了,现在就剩下我一个太阳了,如果没有了太阳,那人间的状况岂非更加糟糕了吗?"

这时候,地面上的温度已经大大降低了,开始出现习习凉风。后羿想,这个太阳兄弟说得有道理,于是放下了手中的弓箭。大地上的人们都得救了,后羿成了人们心目中的英雄。

清平点评:

后羿射日的故事,讲的是人与太阳之间有了矛盾后,人类所采取的办法是不屈服于太阳的不守规矩而与其抗争,并且人类最终取得了胜利。人与太阳之间的矛盾以后羿射日的方式结束,而非人类祈求十个太阳不要一起出来,这种人类发挥主观能动性从而改变世界的故事内核在中国神话中绝非偶然。

其实,中国的很多神话传说都有类似的情节或者思想:人类首领的所作所为都是为了大多数人的福祉,有的甚至还牺牲了自己。我们以后的系列故事还会讲更多的中国神话故事,读者可以用心体会这些共通点。

三、黄帝、炎帝大战蚩尤

传说五千多年前,黄帝和炎帝都是上古时期的部落首领。由于原始社会还没有产生传统意义上国家的概念,管理方式非常松散,所以各部落之间各自为政的现象越来越突出。甚至各部落之间互相攻打、厮杀,抢夺土地和人口的现象也越来越多。

其中一个名叫蚩尤的部落首领,倚仗武力向周边扩张得非常厉害。炎帝决定要惩罚蚩尤,去攻打他,没想到却失败了。于是,炎帝向黄帝发出邀请,希望能联合两大部落的力量收服蚩尤的部落。为了维护各部落之间的长久和平,黄帝联合炎帝开始攻伐蚩尤。相传,蚩尤面如牛首,背生双翅,他有兄弟八十一人,个个本领非凡。蚩尤的部落以猛兽为图腾,勇悍善战,在作战中数次打败炎帝、黄帝的联军。

为了打败蚩尤,炎帝和黄帝请来了龙等神兽助战,蚩尤的兄弟们抵挡不住,败退而走。黄帝领兵追杀,忽然天昏地暗、狂风大作、雷电交加,原来蚩尤请来了风神、雷神、雨神、电神帮忙。黄帝为了应对战况,请来旱神,驱散了风、雨、雷、电。一刹那,风调雨顺,晴空万里。蚩尤又请来巫师作法,制造了弥天大雾,使黄帝的士兵看不清前进的方向。黄帝根据天上的北斗星永远指向北方的现象,制造了一辆"指南车",指引士兵冲出大雾。

由于炎帝和黄帝部落的所在地位于地势较高的西部一带,每次作战都居高临下,而蚩尤的部落位于华北平原一带,虽然他们可以通过制盐创造财富,通过冶炼金属、打造兵器提升部落的战斗力,但是部落所处地势较低,基本只能保持守势,所以持久作战的能力不如炎帝和皇帝的部落。于是,经过多次激烈战斗,蚩尤的部落最终被打败了。

炎帝和黄帝最终统一了各个部落,所以后世中华民族都自称炎黄子孙。炎帝发明了谷物种植等,黄帝发明了采矿冶炼、炼铜铸鼎等技能,同时,黄帝在统一各个部落后还开始设置各种官员,用于加强自身部落的管理，随后也开始往各地部落派出官员，以加强集中管理。据记载，设置史官来记载真实的历史的传统就是从黄帝开始。在这些真实的记载基础上，逐渐形成了中华传统文化，也逐渐形成了中华文明的雏形。

《史记》的作者司马迁曾记载：黄帝曾经制作了三个宝鼎，分别象征着天、地、人。黄帝后期还初步建立了古国体制，把全国分九州。这就是国人为什么称自己的国家为九州大地的起源。相传，黄帝一共有二十五个儿子，他们的后代建立了夏、商、周三个朝代，并逐渐发展出中华民族的各个姓氏。夏朝初年，大禹下令九州贡献青铜，铸造九鼎，以一鼎象征一州，并将九鼎集中于夏王朝的都城。于是，九鼎从此成为了王权至高无上的象征。现在人们使用的成语"一言九鼎"是指一句话抵得上九鼎重，形容所说的话分量很重。

黄帝去世后，人们为了表达对这位人文初祖的怀念之情，便在现在的陕西省延安市黄陵县桥山镇建立了黄帝陵，立庙祭祀。从此，中国历朝历代统治者都将黄帝作为中华民族的始祖来祭拜，元朝、清朝两个北方游牧民族建立的政权也不例外。

清平点评：

黄帝既是中华民族屹立于世界民族之林的精神旗帜，又是中华文明继续发展的力量源泉，也是中华儿女相互认同的文化标志。

秦朝尚未统一六国前，就有秦王祭祀黄帝陵的记载。在古代，对祖先的祭祀活动是国家非常重视的，尤其由或皇帝主持的祭祀更是当时最高级别的国祭，是当时国家的头等大事。屈指算来，祭祀黄帝陵的传统传承至今已有两千多年的历史了。到了现代社会，祭祀活动变得不是那么重要了，至少不是什么国家头等大事了，但是官方祭祀仍然存在，民间祭祀也开始多起来。现在举办黄帝陵祭祀的地方主要有陕西黄陵县、河南新郑黄帝故里等。

从汉朝给黄帝建立了专门的寺庙以来，一直到唐宋时期，即便是在战乱年代，公祭黄帝陵的活动也几乎没有中断过。元代也沿袭唐宋的礼制进行公祭，并在黄帝庙宇建筑被火灾毁坏时下圣旨尽快抢修。这道圣旨被刻成碑文存放在庙内，至今已保存六百多年。

明清两代对黄帝陵的祭祀更加隆重，几乎每一个明朝皇帝都派专门的官员赴陕西黄陵桥山镇主持祭祀活动。清朝更是一共祭祀了26次，在历朝历代祭祀中次数最多。纵观历史，尽管元朝、清朝是中华民族历史上的两个北方游牧民族建立的大一统政权，但元、清统治者都从心底里认为自己是炎黄子孙的一份子，对中华文明也是非常认同的。除此之外，黄帝陵不仅凝聚着中国各族人民的精神力量，同时还寄托着海外华人对中国传统文化的认同。

舍生取义指为了正义的事业不怕牺牲，常用于赞扬一种难能可贵的精神。"鱼，我所欲也，熊掌，亦我所欲也，二者不可得兼，舍鱼而取熊掌者也。"这句名言的后一句就是："生，我所欲也，义，亦我所欲也。二者不可得兼，舍生而取义者也。"

说到舍生取义，中国历史上的相关人物就太多了。这里仅以谭嗣同戊戌变法失败的故事为例。

谭嗣同在1865年出生于官宦家庭，其父时任湖北巡抚。少年时，谭嗣同师从大刀王五，学习剑术，文武双全。1898年6月，光绪帝决定变法，同年8月，谭嗣同被征召入京，参与变法。光绪帝的变法决心和对维新派人士的信任使谭嗣同深受感动，认为实现自己抱负的机会就在眼前。于是，他全身心投入变法各类事项的具体推行中。

1898年9月，慈禧太后发动政变，软禁光绪帝，捉拿维新派人士。大刀王五十分关心爱徒的安危，数次对谭嗣同说："现在你的状况非常危险，请随我等江湖朋友离开北京，留得青山在，不愁没柴烧啊。"谭嗣同说："现在皇上的安危更加重要，我要设法营救皇上，怎么能离开北京呢？"9月24日，谭嗣同被捕入狱。

大刀王五等武艺高强的江湖人士想方设法在狱中见到了谭嗣同，和他商讨越狱、劫狱、劫法场等事宜。谭嗣同非常坚决地回答："各国变法无不从流血而成，今日中国未闻有因变法而流血者，此国之所以不昌也。有之，请自嗣同始。"意思就是说各国的变法都经流血后才成功，唯独中国还没有因变法而流血者，所以中国国运不昌。因变法而流血牺牲者，请从我谭嗣同开始。

大刀王五闻听此言，泪流满面。而谭嗣同也在狱中留下流传千古的绝笔诗句："望门投止思张俭，忍死须臾待杜根。我自横刀向天笑，去留肝胆两昆仑。"9月28日，谭嗣同英勇就义，年仅33岁。

从现代意义上说舍生取义，就不得不说天安门广场前的人民英雄纪念碑。

从碑身东面起，按时间顺序有如下浮雕：东面两幅浮雕的内容分别是虎门销烟和金田起义。前者是中国人民反抗帝国主义发端的标志性事件，后者则是严重动摇了清朝统治者根基的标志性事件，二者都为反封建斗争作出了重要的贡献。

碑身南面上方是百余字的碑文，下方是三幅浮雕，分别是辛亥革命武昌起义、五四爱国运动、五卅运动。武昌起义推翻了中国延续数千年的封建制度，五四运动为中国带来了马克思主义、共产主义思想的萌芽，五卅运动则极大地激起了全国国民暴力反抗压迫、进行暴力革命的高潮。

碑身西面的两幅浮雕内容分别是八一南昌起义和敌后抗日游击战。南昌起义代表着中国共产党领导的武装力量开始走向了历史舞台，中国革命开始走向了武装夺取政权的正确道路，而敌后抗日游击战则是共产党领导的武装力量从弱到强、从少到多的力量积累过程。

碑身正面镌刻着毛泽东同志题词的"人民英雄永垂不朽"八个镏金大字，下方只有一幅浮雕，内容是解放战争时期人民解放军百万雄师胜利渡过长江，从而解放全中国。而这两块浮雕的两旁，是两块装饰性的空白浮雕。所有参与这些革命活动而牺牲的烈士都是舍生取义的代表性人物。

清平点评：

笔者曾经带着刚读初中的孩子到天安门广场观礼升旗仪式，随后参观了人民英雄纪念碑。当时孩子年龄较小，每一幅浮雕代表了什么意思、浮雕背后都有什么故事孩子都不是很清楚，更不用说理解为什么要选择这几幅浮雕来纪念这些人民英雄了。所以说,当时我也没有给孩子讲述每一幅浮雕的具体内容。但是我相信,等孩子长大一些,会明白这些的。

中国自1840年以后的一百多年历史,和中国历史上的其他任何时期相比都大不相同。大航海时代到来之前,中国数千年以来由于西部高原、沙漠等地理上与其他地区的天然隔绝,在中华大地上发展形成了中华民族光辉灿烂的精神文明和物质文明。然而,大航海时代到来后,中国最大的威胁开始来自于海上。中国人民为了解除这样一个根深蒂固的威胁奋斗了一百多年,直至中华人民共和国成立。然而,这一过程可不是轻轻松松就能实现了的,这一过程经历了国人无数英雄辈出、流血牺牲的历史。

为了缅怀这段特殊的一百多年的历史,为了纪念一个古老民族的翻身解放,更为了纪念在实现这一伟大解放中献出生命的英雄们,愿人民英雄们的英灵得以安息,人民英雄纪念碑雄伟地矗立在了天安门广场上。人民英雄纪念碑上的浮雕生动地诠释了由毛泽东主席撰文、周恩来总理亲笔题写的碑文:

三年以来,在人民解放战争和人民革命中牺牲的人民英雄们永垂不朽!

三十年以来,在人民解放战争和人民革命中牺牲的人民英雄们永垂不朽!

由此上溯到一千八百四十年,从那时起,为了反对内外敌人,争取民族独立和人民自由幸福,在历次斗争中牺牲的人民英雄们永垂不朽!

五、纪昌学箭

古代有一位射箭能手叫甘蝇，他的箭射向野兽，野兽就应弓弦响声而倒；他的箭射向天空中飞翔的鸟儿，飞鸟就会从空中坠落到地面。他出手必有斩获，百发百中。

甘蝇有个弟子，名叫飞卫。他刻苦学习射箭多年以后，有了很大成绩，他的射箭技术甚至超越了他的师傅甘蝇。

后来，有一个叫纪昌的人，向飞卫拜师学习射箭。飞卫说："你要专心吃苦，才能获得射箭的精要。你可吃得了苦？"纪昌说："只要能学会射箭，学生不怕吃苦。求师父赐教。"于是飞卫告诉他："你要先学会不眨眼睛，然后再谈学习射箭。"

于是，飞卫让纪昌回到家，仰卧在妻子的织布机下，眼睛注视着织布的梭子，来练习不眨眼睛。三年后，即使用手指头触碰纪昌的眼皮，他也能忍住不眨眼睛。

纪昌高兴地把这件事告诉师父。飞卫说："你的功夫还未到家。还要再学会看才可以。把小的东西看大，把微小的东西看清楚，然后再来告诉我。"

于是，他安排纪昌回家，用一根牛毛系着一个虱子挂在窗户上，每天早上起床后，就不眨眼睛地盯着虱子练习。十天后，虱子在纪昌眼中慢慢变大；三年之后，他看到虱子像车轮一般大了。这时候，纪昌再看周围的东西，普通房屋都像小山丘那么大。

于是，纪昌兴起，用自己珍藏多年的良弓，精心制作的箭，射向虱子。一箭正穿透虱子正中心，而拴虱子的牛毛却没有断。

纪昌把这件事情告诉飞卫。飞卫高兴地拍着他的肩膀说："你已经掌握射箭的技术了。"

清平点评：

　　射箭一直是中国冷兵器时代非常重要的技艺。纪昌学箭虽然说的是学习射箭的过程：先刻苦练习基本功——不眨眼；然后循序渐进地提高眼力，让虱子在视觉中慢慢变大；最后才把这些最基本的功夫应用于射箭，终于成了技艺高超的神射手。但其实学习任何技能无不是这样一个循序渐进加坚持不懈的过程。

　　笔者生长于北方，从小不习水性，最近几年才学会游泳。通过笔者本身的体验，以蛙泳为例，把初学蛙泳的过程细化为要解决如下三个问题：第一，解决水下一口气的运用问题；第二，解决水下前进动力的问题；第三，解决呼吸效率的问题。

　　首先，许多初学游泳者遇到的最根本的问题是：一下水或者头一没入水中就紧张，导致水下动作太多、用力过猛，没游几下就在水下憋得难受，不得不停下来大口喘气，这样就造成了游泳动作的中断。如果坚持在水下只进行一次手划水、脚蹬水并用力夹腿的动作，其他任何的无关动作都不去做，就能把水下一口气的效率问题解决了。也就是说，水下一口气无法承载过多的动作，无法为更多的动作提供充足的氧气，只够做最基本的动作。学会了这个技巧，就算是入门了。这相当于纪昌学箭里的"不眨眼"的基本功。

　　其次，解决水下前进动力的问题。这时要树立一个理念：腿是前进的主要动力来源，也即用脚蹬水、用力夹腿以解决前进的动力问题。手上划水的动作是辅助前进的，其主要的作用是辅助头部出水换气，次要的作用才是辅助前进。这相当于纪昌学箭里的"看牛毛拴着的虱子"。

　　最后，解决提高呼吸效率的问题。在头部出水时，利用深呼吸最大限度地换气，可以在水下游出较长的距离。人平常呼吸时，肺部空气有三分之一是不参与换气的，游泳过程中头部在水下时，要尽可能地深度呼气，多呼出体内的废气二氧化碳；头部出水时，要大口吸气，以吸入更多的氧气。注意此时要利用口进行大口吸气，而绝对不能用鼻子吸气，以免发生严重的呛水的状况。这样游一趟可以游较长的距离。这个问题解决了，这就相当于纪昌学箭里的"正中靶心"了。

练好这三个基本功后，游泳就变得不那么难了，可以追求精益求精了。笔者便通过这样的训练，从一次只能游50米就必须休息，到现在可以一趟游1400米才休息。尽管蛙泳动作并不标准，但是也勉强算是学会游泳了。动作的高效精准可以通过研究视频、录像等长期训练循序渐进。

通过射箭、游泳这两个加强自身学习的故事，可以得知：人在后天不断磨炼自身的毅力和意志品质在我们的学习、成长中非常重要。尽管大家大多是含着"木钥匙"出生的平凡人，但是只要大家精心打磨自身，"木钥匙"一样可以打开成功之门，一样可以打开改变命运的上升通道。

更多内容，可以搜索并关注笔者个人微信服务号：身家帼天下*。这个读者服务号主要用于收集读者阅读后反馈自己的理解与点评，可能无法做到逐一回复，希望读者能体谅。

---

* 此公众号一切法律责任由作者个人承担。

六、木兰从军

花木兰的父亲名叫花狐，是个退伍军官，从小就教木兰习武，木兰聪明勇敢，武艺高强，附近乡里的很多同龄的男孩子都不是她的对手。

此时，适逢外敌入侵，朝廷征兵，按例退伍军官都在所征之列，如果本人年纪大了，就由儿子代替出征。十二卷征兵名册里，每卷都有她父亲花狐的名字。父亲想亲自披挂上阵，可年纪大了，而木兰的弟弟还在吃奶，家中再无男孩可以代替他出征。

于是，木兰女扮男装来到父亲面前，演示了全部所学武艺，对父亲说："我学了一身的好武艺，不甘心埋没乡间。现在家里又必须有人要出征打仗，女儿愿意代父出征。"看到女儿如此坚持，父亲含泪同意了，给木兰买齐了马、马鞍、弓箭等装备，送木兰来到了军中。

行军打仗途中，众军士们走了很久，都疲惫极了。有人忍不住埋怨说："要是能像女子一样待在家里躲清闲就好了。"花木兰听了，忍不住反驳说："咱们男子在边关打仗，女子都在家里干活。白天她们出去种地，夜里还辛苦地纺织。她们不分昼夜地辛苦劳作，咱们这些将士才有了吃和穿。不信你看看咱们的鞋袜、衣衫，那都是千针万线才织得出来的啊。所以，女子所作的贡献，一点儿也不比男儿少。"众军士都觉得花木兰说的很对，都很钦佩"他"。

逐渐地，花木兰高超的武艺使得"他"开始在军中崭露头角。花木兰从军整整十二年，立下战功无数，也很得带兵将帅的喜爱，其中有个元帅有意要把自己的女儿许配给"他"。

战争结束了，朝廷论功行赏，要重重地赏赐花木兰并许以高官厚禄。但是，花木兰都坚决推辞不受，只要求回家务农，照顾父母。朝廷只好准其返乡。

家里人得知木兰回来了，父亲母亲互相搀扶着小跑到村口迎接她，小弟弟也已经长大了，在家里杀猪宰羊，准备宴请乡亲们一起庆祝木兰回家。木兰回家以后就换回女装，在家织布。

过了不久，当初有意要把女儿许配给花木兰的元帅到花木兰家里来了，说要见见花木兰将军。家人推辞说花木兰病了，起不来床。谁知元帅听闻昔日部下病得如此严重，非常关心花木兰的病情，坚持要到"他"床前探望。

家人见实在瞒不下去，只好请正在织布的木兰来见元帅。元帅说："我要见的是花木兰将军，不是要见你家闺中的女儿。"木兰父亲只好实话实说："这就是花木兰将军。当时她的弟弟还非常小，是她代替我从军打仗的。还请将军回复朝廷时，念及木兰立有战功，请大王免去木兰女扮男装、欺瞒君主的罪过。"

元帅仔细看了木兰许久，哈哈大笑。花家在家中设酒宴招待元帅，并请他回去以后说服朝廷免去木兰女扮男装的过错。木兰说："国家有难时，我代父从军，为国效力，不求功名。如今国家安定，我愿勤于纺织，尽我女子本分。"

元帅听了，心中对花木兰十分钦佩。他回朝复命说："花木兰家中情况特殊，为了给父母尽孝心，为了给国家尽忠心，不得已才女扮男装，上战场厮杀，立下战功无数。虽然存在欺瞒大王的事实，但却毫无恶意。朝廷不应该降罪给一个忠孝两全的功臣，反而应该给予她嘉奖与鼓励。"果然，朝廷不仅没有追究木兰的过错，反而赏赐了花家大量财物并给予花木兰崇高的荣誉。从此，木兰从军的故事天下皆知。

清平点评：

纵观中国整个封建社会的历史，就会发现传统的封建社会给女子设定的唯一出路就是嫁人、持家、相夫教子。女子没有独立规划人生的机会，具体体现在封建社会没有给女子足够的社会地位与职业选择。

中华人民共和国成立以来，国家通过法律规定男女同工同酬，女子同样有了规划自身职业发展的法律依据和社会基础。这样，妇女就顶起了半边天。这对提高社会的生产力起到了极大的促进作用。女子也可以创造价值并得到社会的认可。这不得不说是新制度保障了中国数亿女子最基本的人权。

中华人民共和国成立后，还做了另外一件意义非凡的事情：在全国开展扫盲运动。中华人民共和国刚成立时，国人里识文断字的人很少。在军队里学到一点点知识的解放军士兵在当时的社会上就算是文化程度高的人了。保守估计，当时中国的四亿人口里文盲至少占一半。

正是由于扫盲运动的彻底实施，中国人又相信读书改变命运这一社会升迁途径。所以，很多文盲家庭通过两到三代的努力，彻底改变了世代作为农民的宿命，开始从农村走向城市，在城市里立足、发展，并逐步走向了富裕。一个家庭看不出什么，但是全国有至少五亿人通过扫盲运动改变了命运，这对社会发展的推动力就非常大了。扫盲运动至少为中国社会的发展储备了数亿有知识、有文化的高素质劳动力，这与清末、民国时期全中国有无数面黄肌瘦的大烟鬼相比，简直是一个天上，一个地下。

中华人民共和国建立初期，保障男女同工同酬的立法和全国开展扫盲运动这两项举措为中国的高速发展储备了充足的优秀人才，从此以后，中国登上了迅速发展的"高铁"，一直到今天。

七、韩信四面楚歌灭项羽

四面楚歌比喻四面受敌、孤立无援的境地，类似的成语还有"腹背受敌"。楚汉战争后期，项羽带领的数万楚军被刘邦以十数倍的汉军兵力围困在垓下，就是今安徽省灵璧县境内。当时，与楚军作战的汉军总指挥是汉初三杰之一韩信。

　　韩信仔细研究了项羽以前的所有战例，得出两点结论：第一，项羽带领的楚军现在虽然处于被围困的不利境地，但仍然非常有战斗力，不可轻视。第二，项羽作战特别擅长正面突破，往往都是从正面进攻将对手的部队切成两段，使其首尾不能兼顾，从而造成对方部队的整体溃败。

　　针对项羽带兵作战的习惯和当时的战况，韩信展开了部署。首先，韩信命令围困项羽的汉军军士一到入夜时分，就在楚军周围多个方向一齐唱楚地的民歌。项羽带领的楚国士兵听到这些歌后，心中吃惊：难道汉军已经尽得楚地了吗？为什么他的部队里有那么多楚国人？于是，楚军军心开始涣散，战斗力锐减。甚至连项羽的宠妃虞姬都在决战前夕自杀了。垓下之战唱楚歌，是中国首次有历史记载的将心理战成功运用于实战的经典战例。成语"四面楚歌"就是源于此战。韩信不愧为战神，两千多年前就将心理战应用得炉火纯青。

　　随后，韩信在和项羽决战时，将主力部队排成一个十字阵形，分前、后、左、右、中五个军阵，和项羽展开对垒，他自己亲自坐镇中军。于是，两位未尝败绩的将军开始了历史性的对决。

　　战斗进行得异常残酷，项羽因无法击破韩信军队最厚实的中部地带，最终带着八百名骑兵向南突围败走。汉军穷追不舍，项羽边逃边打，逃到乌江江边，他觉得无颜过江去见江东父老，遂自刎而死。至此，楚汉战争终于结束，刘邦统一了天下。

　　再来介绍下韩信。韩信是西汉初期著名的军事家，他曾经对自己评价道："韩信用兵，多多益善。"意思是说，给他再多的士兵，他也能做到战术安排有序，统御全局。从下面的故事就可以看出韩信非凡的军事才能。

魏豹是项羽分封的西魏王。刘邦取得关中后魏豹归顺刘邦，随后刘邦在彭城之战中以五十万兵力败于项羽的三万兵马，这让魏豹错判了形势，于是，他带领精兵返回魏国背弃刘邦，接连攻下二十多个城池后，关闭了黄河东岸的渡口，从此断绝了与汉军的往来。由于魏国的位置正好处于关中地区和楚汉对峙前线的中间地带，刘邦无法容忍自己的侧后方有这样一支敌军存在。于是，他给了韩信十万兵马，要求韩信渡过黄河消灭魏豹。

魏豹也是精于用兵的人。他在黄河的主要渡口处蒲坂（今山西蒲州）排兵布阵，并把几乎所有的渡船都收集在自己的岸边，只留了几十艘小船供百姓往来渡河，目的就是让韩信的十万大军无法渡河。

韩信实地考察了黄河上游夏阳（今陕西韩城南）的具体情况。发现此地是罂（古代的一种大肚子小口瓶子）的出产地，对岸驻守的魏兵也非常少。于是，他心中的奇计陡然而生。

首先，韩信安排手下将领带着一万人在蒲坂佯装渡河，自己则带着其余的九万人到了夏阳。他命令手下将领砍伐木材、购买大量罂。众将不解。韩信说："伐木做成木筏，把封住口的罂用绳子绑在木筏四周，这样可以多载士兵渡河。"众将折服。于是，九万大军兵不血刃地渡过黄河。

渡过黄河后，后汉军势如破竹，只用了一个多月的时间就俘虏了魏豹。此役被称为木罂渡兵，是中国古代战争史上声东击西、出奇制胜的著名战例。

清平点评：

历史上有关韩信的故事非常多，读者如果有兴趣，可以查阅资料，研究一下韩信的其他几个战例。下面再来讲讲韩信潍水之战的故事。

韩信攻打齐国的时候，前面的战事比较顺利，项羽命令龙且带领二十万楚军主力部队救援齐国。双方在潍水两岸（现山东省高密市附近）展开了对峙。

韩信命令士兵在潍水上游用装满沙子的大麻袋把水拦住，于是潍水河水一下子就变得非常浅了，趟水可过，无需搭桥。随后，韩信命令部队撤退，还故意装出旌旗丢了一地，非常慌乱的样子。

龙且不顾手下将领的劝阻，执意带领主力部队趟水过河追击汉军。此时，韩信命令手下士兵把潍水上游拦水的麻袋撤掉，水淹龙且的大军。龙且的部队死伤大半，还被潍水分割成两段。混乱中，龙且被杀，随后不久，齐国被灭。项羽听到这个消息，面露惧色。此役后，韩信再次对阵项羽时就具备了强大的心理优势。这或许也是韩信在垓下之战最终能够击败项羽的原因之一。

八、霍去病封狼居胥

霍去病是汉武帝时期的将领，尽管他英年早逝，但就战功而言，霍去病无疑是当时最出色的将领。霍去病封狼居胥是指霍去病在狼居胥山举行封禅大典。封就是封禅的意思，封指祭天，禅指祭地。封禅一般都是由帝王主持的。狼居胥指狼居胥山，在今天蒙古国境内肯特山一带。

在中华民族数千年的发展历史中，北方游牧民族一直是中原地带农耕民族的宿敌。双方对峙了数千年，最终在中华人民共和国成立后实现了民族融合。汉朝时期北方游牧民族叫匈奴，唐朝时期叫突厥，宋朝时期叫契丹、金，明朝时期叫蒙古。数千年来，中原农耕民族抵御北方游牧民族的历史遗迹中最著名的就是万里长城。

汉武帝时期，经过"文景之治"数十年的经济恢复，再加之实行了多年的马政，即政府鼓励民间家家户户养马，使得汉朝拥有了与匈奴决战的经济基础和物质基础。当时，汉军主力是步兵，讲究阵法与战车结合使用，而匈奴的军队全是骑兵，机动能力强，军需补充来自于沿途的抢掠。而汉军进攻时机动性较差，军需辎重要随部队一起前行。

霍去病将军的战法完全不同于汉军的常规战法。他采用的是匈奴军队的战法，但其机动性能和单兵作战战斗力更强。他常常带兵深入敌境数百公里，迅猛突袭，利用缴获物资补充军需，然后胜利而归。匈奴对汉军的这种打法非常不适应，因为匈奴是游牧民族，没有固定的城池，也没有可以防止骑兵冲击作为屏障的战车，遇到霍去病的远途奇袭，往往是在睡梦中就被歼灭。霍去病的这种反常规作战，用现代的军事术语讲，其核心就是"特种作战"。霍去病瞄准了匈奴军队防御的软肋，屡建战功。

元狩四年（公元前119年），为了彻底消灭匈奴主力，汉武帝发起了规模空前的漠北大战。此战中，霍去病遇到了匈奴主力左贤王部，斩首敌军七万多，俘虏匈奴王爷三人、将军相国等八十三人，建立奇功。于是，霍去病率大军在狼居胥山举行了祭祀天地的典礼，也就是封禅大典。这是目前已知的唯一一次中国古代军事将领举行的封禅大典。这是一个仪式，也是一种决心。封狼居胥是霍去病军事生涯的巅峰。此后，霍去病带领部队继续追击匈奴，一直打到北海（今俄罗斯贝加尔湖）一带。

历史上多位皇帝举行过封禅大典，基本都在泰山举行。只有秦始皇、汉武帝、汉光武帝、武则天和唐高宗这几位皇帝是在嵩山举行的。然而武将举办封禅仪式在中国历史上仅此一例。

自此战以后，匈奴人向西大规模迁移，并由此引发了中国西部各民族的逐次向西迁移，并无意间促成了世界上各民族的一次大规模西迁。另外，还有很大一部分匈奴部落归降汉朝，成为中华民族的一个重要组成部分。

清平点评：

在完成了最关键的汉匈决战后不久，霍去病将军去世了，年仅24虚岁。汉武帝非常悲伤。汉武帝曾经在霍去病将军出征前要给他建府邸，但被他婉言拒绝了。他对汉武帝说："匈奴未灭，何以家为？"这是多么荡气回肠的宏大志向啊！非常可惜的是，霍去病将军这一去竟然牺牲在战场上。于是，汉武帝特意将霍去病葬在自己的陵墓附近，还把他陵墓的形状做成祁连山的形状，以纪念他打通河西走廊的历史功勋。正是有了打通河西走廊这一前提，才逐渐形成了后来的中西方贸易的大动脉——丝绸之路。

所以说，霍去病将军开疆拓土的忠勇、尚武精神，无论对当时的汉朝而言，还是对现今的中国而言，都是非常值得学习与敬仰的，也永远值得怀念。

然而，司马迁在记载霍去病将军时，却指出他带兵不体恤下属的问题，而对汉朝另外一位名将李广与士兵同吃同住的作风表示赞赏。这个批评还是非常中肯的。但也体现了司马迁在历史记载中有同情弱者的基本倾向。如，他比较同情被灭掉的六国，所以对秦始皇的评价就略失偏颇；他还比较同情和刘邦争夺天下失败的项羽，甚至为项羽作本纪；他也比较同情李广的家族，同情李广的孙子李陵，甚至为他的投敌行为开脱。所有这一切或许可以这样解释：司马迁就生活在汉初的时代，距离秦始皇、项羽、李广的时代非常近，所以对于很多事情，他无法站在宏观的角度上来评判。而秦始皇统一中国的伟大历史意义，被后续更悠久的历史证明了。

九、十三勇士归玉门

耿恭是东汉著名开国将领耿弇的侄子。东汉耿氏一门名将辈出，耿恭就是其中一位代表。东汉时期的都城在今西安，西域在今新疆一带，两地相距甚远。并且当时的河西走廊（今甘肃省一带）已经被西藏当地的吐蕃政权控制，导致耿恭的守军与东汉政权已经基本失去了地面联络，向东汉寻求补给、增援几乎不可能。

但就在这样艰难的情况下，耿恭率领仅数百人的军队，利用坚固的城池，抵御了匈奴数万兵马的围攻。耿恭退守疏勒城（今新疆喀什）前，为了震慑匈奴，在匈奴的阵前大喊："我汉军射出的都是神箭，中箭者创口必生异象。"其实汉军用的是毒箭，但匈奴兵从未见过中了这类箭后迅速变黑、溃烂的创口，心中惊惧万分，撤围而走。如此，耿恭率军顺利退守疏勒城。

匈奴军队围困疏勒城时，断绝了城外的水源，企图困死城中的汉军。耿恭带领将士们挖井取水，以利长期固守。井深十五丈依然不见水，耿恭整理衣冠，郑重地向枯井跪拜，并祈求神灵护佑。此时，泉水从井中涌出，将士们顿时高呼万岁。于是，耿恭下令让士兵站在城墙上向城外扬水，以示水源充足。匈奴兵大惊失色，又联想到之前的神箭所造成的伤口，他们以为这是神迹再次显现了，更加笃定地认为汉军有老天庇护，于是撤走了围城的部队。但匈奴兵依旧驻守在疏勒城不远处，一边放牧，一边远距离地包围城池，妄图长期围困，饿死汉军。

虽然城内的粮食早就被吃光了，但耿恭及将士们依然坚守着疏勒城。当时的匈奴王见耿恭内无粮草、外无救兵，已陷入绝境，便派使者去招降。使者说："你如果投降就封你做王，再把公主许配给你为妻。"耿恭引诱使者登上城墙，当着城下匈奴兵的面，亲手将使者砍杀，震慑了城下的匈奴兵。匈奴王闻讯大怒，愤而攻城，但依旧无法攻克。

当时，适逢汉朝的一个附属国车师发生了叛乱，汉朝从酒泉等地派七千士兵平叛。成功平叛后，军中有位耿恭派出求援的军吏请命引兵两千救援耿恭。但救援途中遭遇两米多深的积雪，援军一路赶来筋疲力尽，仅能勉强到达城下。

一日半夜，疏勒城中守卫将士听见有军队逼近，以为匈奴兵再次来袭，立刻全城紧急戒备。领军书吏大声呼喊："我大汉援军迎接各位来了！"城中守军见援军到来，无不痛哭流涕。于是，大开城门，高呼万岁。此时，城内守军仅剩26人，个个衣衫褴褛，形同枯槁。

第二天，汉朝援军护送耿恭守军撤退东归，匈奴王派兵沿途追击，汉军且战且走。疏勒守军饥饿已久，疲惫不堪，沿途不断有人倒地不起，死于归途。离开疏勒城时尚有26人，到达玉门关时，只剩下13人。这就是著名的"十三勇士归玉门"的故事。

古代忠勇之士很多，但能做到耿恭这样赤胆忠心、勇敢坚守、保卫国家的却不多。耿恭的事迹激发、感染了后人。宋代著名的抗金将领岳飞所作《满江红》一词中，"壮志饥餐胡虏肉，笑谈渴饮匈奴血"的典故就是来源于"耿恭坚守疏勒城"和"十三勇士归玉门"的事迹。

清平点评：

耿恭带领区区数百人的部队，抵御匈奴数万人马的围困达一年有余，最后还成功突围而走。这对匈奴人的心理打击是极大的。纵观两汉的历史，汉人与匈奴的博弈一直存在着。经过一代又一代汉朝将领的努力，汉军最终取得了决定性的胜利。一部分匈奴人向西迁居，占据了中亚；另一部分匈奴人则融入了中华民族的大家庭，成为了中华民族的一部分。

无论是西汉的开疆拓土，还是东汉的艰难据守；无论是汉朝文臣的投笔从戎、出塞牧羊,还是汉朝武将的远程突袭、绝境坚守,都深刻地体现了中华民族的忠勇血性和再苦再难都绝不放弃的性格。汉史在中国历史上是一部博大恢宏的史诗。

十三勇士归玉门的故事讲完了,如果读者有兴趣,可以查阅资料,了解一下耿恭的其他事迹,甚至可以了解一下耿家这个家族在汉朝的沿革。最后,再请大家思考一下,耿恭的事迹在约一千年以后影响了岳飞,岳飞创作《满江红》、岳母刺字"精忠报国"等事迹在约一千年以后又影响了谁?

十、周处浪子回头

周处是三国后期现江苏宜兴一带人,他的父亲是鄱阳太守。年轻的周处孔武有力,又是高官子弟,他到处惹是生非,欺负乡里的人们,而当地的官府却不敢管他。因此,周处被乡亲们在暗地里称为当地的"三大害"之一。一开始他自己都被蒙在鼓里,丝毫不知情。

后来,周处渐渐长大懂事了,他发现乡亲们都不喜欢他。于是,他找到族中一位长辈请教其中的缘由。长辈告诉他:"咱们这北山上有一只老虎,经常下山危害牲畜。最近竟然开始吃人了,这是咱们当地的一大害。咱们南边这条大河里有一条大鳄鱼,常常潜伏在河边袭击取水的乡亲们,这也是咱们当地的一大害。"这时候周处插话说:"我总听乡亲们说有三大害,前两害我知道,这第三害是什么?"族中长辈指着他说:"这第三害就是你啊!你经常打架欺负别人,别人打不过你,只好躲你远远的。"

此时,周处才恍然大悟,为什么乡亲们都不喜欢他。他心里盘算着:既然乡亲们如此痛恨北山上的老虎和南边大河里的鳄鱼,我去把他们都除掉,乡亲们也许就会喜欢我、接纳我了。于是,他跑到北山,与猛虎搏斗了一天一夜,终于把老虎杀死了。

周处杀死老虎后,回家休息了一整天,吃饱喝足后,又到南边的大河里与鳄鱼缠斗在一起。这一斗就是三天三夜,鳄鱼用力翻滚,没入水中,还把周处也时不时地带进水里。岸边的乡亲们见此情景,都瞠目结舌。

三天后的清晨,鳄鱼的尸体在岸边被乡亲们发现了。乡亲们以为周处和鳄鱼一起死了,于是敲锣打鼓,庆祝三害都被除掉了。其实,前夜周处杀死鳄鱼时,他自己也受了比较重的伤,天还未亮他就回到家里养伤了。

周处养好了伤以后,才知道乡亲们竟然会误以为自己也死去了而庆祝，这才意识到乡亲们是多么不喜欢自己。他泪流满面，下定决心痛改前非。他的父亲综合考虑了他的情况，给他报名入伍。周处入伍后如鱼得水，他性格刚烈、本领高强、作战勇敢，在军队里很快得到升迁，数年以后，他成为了镇守一方的将军。

在一次抵御外族的战斗中，周处以劣势兵力迎战敌方数倍于己方的主力部队。但他毫不怯战，而是身先士卒，冲在士兵们的前面，杀向敌人的大部队。周处最后力竭战死，以身殉国。

乡亲们听说周处在边关成为了镇守一方的将军后，无不感慨周处的变化。后来听说他竟然为国捐躯、战死沙场，无不悲痛流泪。乡亲们念及他为本地百姓除去二害的事迹，又感激他为国家和家乡的贡献，将他浪子回头的事迹编成故事，传诵至今。

这个故事鼓励曾经犯过错误的年轻人改过自新，努力上进，依然能成就一番事业。

清平点评：

本文讲了周处浪子回头金不换的故事。作为年轻人，谁没有犯错误、走弯路的时候呢？只要知错能改，最终会获得别人的原谅。曹操的故事也说明了这个道理。

据史料记载，曹操从小就很机灵，但是他整天游手好闲，不务正业。当时，曹操身边的大部分人都不喜欢他，他的叔叔就是其中一位。叔叔经常向曹操的父亲报告其顽劣的行为，为此，小时候的曹操经常受到父亲的责罚。

曹操觉得他的这位叔叔很讨厌，小小年纪的他想出一个办法来对付叔叔。有一天，曹操遇到了这位叔叔，忽然嘴歪眼斜地口吐白沫，佯装中风。

叔叔不知是计，赶紧去告诉曹操的父亲。在当时，中风可是非常严重的疾病。曹操的父亲飞奔着赶来，却发现曹操一点儿事都没有。曹操父亲奇怪地问："你叔叔不是说你中风了吗？"曹操人小鬼大，说道："我什么毛病都没有，是这位叔叔不太喜欢我，经常说我的坏话吧？"

曹操的父亲见儿子安然无恙，也就放下心来。同时，对这位叔叔产生了怀疑，这之后，这个叔叔再说曹操的坏话，曹操的父亲就一律不信了。

由此可以看出，曹操在少年时代可不是一个好孩子，甚至还是一个问题少年。但是他后来浪子回头，发奋图强，最终成就了一番事业，统一了当时中国的北方。

十一、杨业抗击辽国捐躯

杨家将的故事在中国家喻户晓。北宋开国名将杨令公杨业绰号"杨无敌"，在抗击辽国的第一线为国捐躯，他的儿子杨延昭、孙子杨文广继承他的事业，也成为了抗辽名将。民间传说杨业的夫人佘太君、孙媳妇穆桂英等人都曾经挂帅征辽，这反映了民间对杨氏一门的敬佩之情，但宋史上并没有女子挂帅印带兵打仗的记载。真实的历史是澶渊之盟后，宋辽和平相处一百多年，两国之间很少再有战争了。

真实的历史中，杨业英勇捐躯的经过是下面这样的。宋军战前制定了作战计划。计划中，杨业作为先锋率少量骑兵部队诱敌深入，宋军主力步兵则埋伏在山谷里，用弓箭伏击、消灭辽国追兵，同时接应杨业的先锋部队撤离。

但在杨业出征后，军中的监军太监却怯战了，他向宋军主帅潘美建议："辽军势大，人数众多，伏击不成可能会损失大量的部队，无法向朝廷交代。所以，我们的主力部队还是应该撤回。"潘美沉思良久，竟然放弃了与杨业事先达成的战略部署，没有在预定的山谷设伏接应，而是带领全部宋军主力撤离，甚至没有留下一支小股部队阻击敌人的追兵，接应杨业，让杨业的先锋部队脱身。

杨业率领先锋部队撤到预定的伏击地点后，发现竟然无人接应。而此时，杨业的部队已经人困马乏，陷入绝境。杨业对将士们说："辽军的目标是我，如果留下其他人断后阻击敌人，辽军肯定穷追不舍，我们必定全军覆没，无人能把今天的战场实情回复给朝廷，替我们诉说冤屈。只有我留下来阻击辽军，你们中才可能有人活着返回朝廷，向皇帝报告前线的实情，并陈述咱们的冤情。如果我们都战死了，此事就永远都没有人知道了。"

跟随杨业苦战的众将士听闻此言，都泪如雨下，争相留下跟随杨业一起阻击追兵。而杨业只留下极少的近身护卫兵，命令其他将士火速返回宋境，不得停留。杨业在抵御辽军大部队时中箭落马被俘，绝食数日而死。这段历史来自二十四史中的《辽史》，比较接近历史的真相。而小说《杨家将》中杨业在李陵碑前自尽的情节，则是民间出于对他的爱戴而进行的演绎。

杨业的死讯传到宋朝境内，百姓无不痛哭流涕。皇帝得知前线的事情后怒不可遏，将潘美贬官三级。但由于潘美的儿子是当朝驸马，没过几年，潘美就官复原职了，继续统兵打仗。

虽然在真实的历史中，主帅潘美并未因害死杨业而受到朝廷的实质性惩罚，但是在民间，潘美的形象在杨家将的故事中被演绎为潘仁美，是个坏透顶的大奸臣，被唾骂了一千多年。所以说，做了坏事、亏心事，总是会遭到报应的。即使在当时没有报应，在后世也会留下骂名。

清平点评：

平心而论，按照史实来讲，潘美在北宋立国时期也有较大的战功，但杨业的悲剧命运，他需要负直接责任。当时的朝廷和皇帝并没有给他相应的严厉惩罚，甚至还给了他立功赎罪、官复原职的机会。但是这件事情至少造成了以下两个方面的恶劣影响。

第一，此事极大地打击了前线将士勇猛冲锋的士气。试想，军队中下级对上级的无条件服从，实际上是把自己的生命交给了上级指挥官。宋军主帅如此龌龊地坑害先锋官，却几乎没有受到什么严厉的惩罚。如果冲锋陷阵的将士总有后顾之忧，那么，宋朝永远不会拥有真正的良将。所以说，北宋后来的军事实力日渐式微，基本上是必然的。

第二，世上没有不透风的墙。做了坏事，可以瞒得了一时、一部分人，但不可能瞒得了一世，也瞒不了所有的人。潘美在这件事情上的所作所为被百姓唾弃。在《杨家将》的故事里，甚至虚构了潘仁美勾结辽国、通敌卖国的情节。当然这也是民间演绎，但确实代表了老百姓的看法和态度。尽管史料中明确记载了潘美有战功，但除了民间对他的千年骂名，谁还记得他的半点正面事迹？

十二、岳飞精忠报国抗金

岳飞年少时立有大志，他的母亲对他寄予厚望，在其背上刺字"精忠报国"。年轻时的岳飞在跟随老将军宗泽的过程中得到了锻炼，很快就因为作战勇猛而崭露头角，被快速提拔至军中高位，并单独组建了一支军队，史称"岳家军"。

岳家军军纪严明，对百姓秋毫无犯，战斗力剽悍，在黄河、淮河流域给金国军队予以重创。以至于金军哀叹："撼山易，撼岳家军难。"金军是北方游牧民族军队，经常到黄河中下游一带烧杀抢掠，残害宋朝百姓，倒行逆施，无以复加。这里的老百姓都恨极了金军。

所以，当岳家军出现在长江以北，重创金军的时候，当地百姓们都非常感激，将岳飞视为救命神，甚至有人自发地为岳飞建生祠。在当时，为了纪念作出贡献的逝者，人们会为其建立祠堂，这种情况很常见；但是，给还在世的人建立祠堂的情况却很少见。这说明岳飞深受当地百姓的爱戴。

岳家军取得一系列辉煌的胜利后，打到了朱仙镇，是距离现今北京不远的地方。至此，岳家军已经收复数十座城池，恢复了北宋时期的大部分版图。

就在此时，宋高宗赵构和朝中丞相秦桧却与金国进行了和谈。朝廷发出的十二道金牌陆续到达朱仙镇，要求岳飞班师回朝。岳飞不禁叹息道："多年收复的大好河山要付之东流了。"当地的百姓非常不希望岳家军离开，因为岳家军走了，就没有人来保护他们了。

岳飞回朝后不久，就被解除了兵权，并且连同他的儿子岳云、部将张宪一起被捕入狱。他们被定下"莫须有"的罪名，用现代的语言解释就是"或许有"的罪名，三位抗金名臣在风波亭含冤而死。岳飞去世之时，年仅39岁。

数十年后，岳飞的罪名被平反昭雪，百姓为他建庙宇，以纪念他的功劳。以秦桧为首的、参与构陷岳飞的四个历史罪人，被做成石像，跪在岳飞像前，被人们唾骂至今。据说，南宋时期很多人都耻于姓秦，甚至在民间，岳、秦两姓人多年不通婚。

岳飞将军留下的诗作不多，一首《满江红》却脍炙人口。"怒发冲冠，凭栏处，潇潇雨歇。抬望眼，仰天长啸，壮怀激烈。三十功名尘与土，八千里路云和月。莫等闲，白了少年头，空悲切。靖康耻，犹未雪。臣子恨，何时灭。驾长车，踏破贺兰山缺。壮志饥餐胡虏肉，笑谈渴饮匈奴血。待回头，收拾旧山河，朝天阙。"

笔者每每诵读岳飞的《满江红》，都不禁眼含泪花。既同情将军的壮志未酬、无辜被害，也无比痛恨两宋时期重文轻武的愚昧政策。这不仅让两宋时期几乎无将可用，还把汉、唐以来的民族血性几乎抹杀殆尽。最终酿成苦果——无力抵御蒙古的大军入侵，南宋亡国实属必然。

清平点评：

因为有汉武帝，所以才有卫青、霍去病；因为有唐太宗，所以才有李靖、薛仁贵。自古以来，有了伟大的君王，才有伟大的将军为国所用。霍去病、李靖等如果出生在南宋，也很有可能被错杀。宋高宗赵构整整活了80岁，在指使秦桧杀死岳飞20年后，才把皇位禅让给孝宗。孝宗继位后，立刻为岳飞平反昭雪，这都是迫于民意的压力。虽然孝宗一朝也喊北伐金军，不过全都是嘴上功夫。

在宋朝，军人社会地位不高是明显的事实。在当时，一旦从军，就不能再走科举升迁的道路。如此，军人怎么会舍命保卫这样的朝廷呢？

所以，两宋无力对抗北方游牧民族，并最终灭亡是历史的必然。两宋的重文抑武之国策实为弊政啊！

十三、郑和七下西洋

郑和是明朝著名的航海家、外交家。郑和少年时就在明军中服役长大，后转入燕王府侍奉朱棣。郑和成年后，跟着朱棣参加了"靖难之役"，经历过数次重大战役，具有实战经验并立有战功，深得朱棣的信任。

朱棣继位后，任命郑和担任下西洋总兵正使一职，将两万余名官兵交给郑和指挥。郑和第一次下西洋时，还带有一个军事目的，那便是辅助陆路征服越南的大军，消灭当时篡位的胡氏政权。这是中国有历史记载的首次陆军、海军联合作战，也是中国历史上的首次海上登陆作战。

战事进行得很顺利，不到一年，明军即讨平越南，朱棣在越南设省。从此以后，明朝可以更加容易地控制中南半岛，越南后来也成为郑和后六次下西洋的通商根据地和中转地。另外，明朝在越南设省这件事情，也震慑了当时很多不安分的藩国。

顺利完成这个任务后，郑和又到达了印度尼西亚的爪哇等地。当时，当地有一股势力强大的海盗，祸害周边国家多年，也被郑和的舰队剿灭了，他们共斩杀海盗5000多人。郑和生擒海盗首领并押解其回国，把他当众正法。当地百姓非常感激郑和，直到现在，东南亚一些国家还流传着许多关于郑和剿匪的故事。郑和小名三宝，因此，在马来西亚有三宝山、三宝井，印度尼西亚有三宝垄、三宝庙等与郑和相关的文化遗迹。

第三次下西洋时，郑和途径锡兰（今斯里兰卡），也发生了军事行动，其余的几次就没有军事行动了。锡兰盛产宝石和珍珠，开采特权被国王垄断，国王非常富有，但是他非常贪婪，竟然还觊觎郑和船队的财富。该国王向郑和索要财物，被郑和婉拒。国王索性一不做二不休，调兵数万进攻停泊在港内的郑和船队。此时，郑和正带兵两千在岸上，被突然围攻后，发现退往船队的路已经被锡兰兵截断。郑和冷静地分析，认为锡兰兵并不是要把大明朝的船队赶离港口，而是要攻下整个船队。

当时副使还在船上,他带着船上的官兵抵抗锡兰兵的攻击。郑和想到,锡兰兵大都在围攻船队,那么都城内必然兵力空虚。于是,郑和率两千兵马连夜走小路,急攻锡兰都城。果然,锡兰都城不堪一击,贪婪的国王及其家属、大小头目都被郑和所俘。

围攻船队的锡兰兵得知国王被抓,立即回师解救都城。郑和指挥明军顽强抵抗,守城六天。此时,郑和的副使也发现战事起了变化,想方设法地从港口接应都城里坚守的明军。第七天凌晨,明军于城内外互相配合,硬是从都城边的丛林里杀出一条通往船队的道路,郑和带着一众俘虏上了船。

回国后,朱棣并没有杀死这个贪婪的国王,而是释放了俘虏,并且请锡兰另立新君。锡兰国之战,郑和沉着冷静,准确判断敌方意图,指挥有方,突袭、攻坚、守城、撤离,每一个回合都打出了明军的风采,展现了明朝强大的军事实力和他自身优秀的军事素养。沿途各藩国无不对明朝畏威怀德,真心臣服。

郑和的船队最远到过东非的一些国家,他用中国的丝绸、瓷器等物品和沿途的国家进行贸易。沿途这些国家看到明朝如此强大的舰队,纷纷到中国觐见明成祖朱棣。据历史记载,郑和出使过的城市和国家共有36个,郑和一生7次下西洋,前后共历时28年。最后,郑和病逝于第七次下西洋的归国途中。

清平点评:

郑和下西洋时,明朝派出二百多艘船、两万多人同时出海,这一行人既是战斗部队,又是贸易使团。首先,这些舰队体现了中国当时先进的造船技术、航海技术。其次，郑和还根据历次出海的实际航程绘制出比较详细的《郑和航海图》，据此开辟了亚非之间的洲际航线，为西方后来的环球大航海铺平了亚非航路。这说明当时中国的综合国力绝对在世界上首屈一指。近百年之后，才出现在大西洋上的哥伦布船队，仅仅由三只帆船组成，最大的船的排水量只有一百吨，也不过郑和所乘宝船的百分之一大小。

另外非常重要的一点是，郑和舰队和沿途国家之间发生的贸易，无形中促进了中华文明的广泛传播，包括中华礼仪和儒家思想、历法和度量衡制度、农业技术、航海和造船技术、医术等。

郑和下西洋，充分体现了永乐时期的中国的海权意识，以及由此产生的海洋战略甚至海上贸易策略等。明成祖朱棣去世后，朝中很多大臣向新皇建议废弃船队。郑和据理力争，建议皇帝："国家富强离不开海洋，国家舍弃了海洋，则危险就可能来自海洋。"非常遗憾的是，朱棣以后的几位皇帝不太重视海权，而逐渐停止了航海探索，甚至明朝中后期有的皇帝还因倭寇侵扰下达了禁海令。郑和下西洋创下的各种辉煌全部成了昙花一现。以至于后来的清朝在被西方列强从海上入侵时，竟然毫无招架之力，这不禁让人扼腕叹息。

十四、戚继光灭倭

明朝嘉靖年间，浙江沿海一带连年遭受从海上流窜而来的日本海盗的袭扰。这些人从日本流窜到离明朝大陆不远的各大小岛屿上，并长期盘踞在那里，经常趁明朝军民不备，组队上岸抢掠当地的人口和财产，有时甚至杀人放火，为害一方。当地百姓对他们恨之入骨，称他们为"倭寇"。

明朝朝廷命令戚继光带兵去浙江剿灭倭寇。戚继光带领明朝军队几次和倭寇对阵，在总结了经验教训后，他上书建议朝廷：如果想要彻底剿除倭寇，朝廷需要解决以下几个问题。

第一是现有的兵源不够好，士兵的作战意愿和勇敢进取精神明显不够。戚继光将军请朝廷准许他在浙江一带招兵买马，因为浙江人民长期受到倭寇侵扰，对他们恨之入骨。第二是明军装备的兵器较短，和倭寇的倭刀对决时极其不占优势，一对一正面作战非常吃亏。戚继光请求朝廷准许他自己设计、制造相应的武器，用来装备对倭作战部队。第三是明军的作战阵形无法形成一个战斗小组统一迎敌，不利于团队作战，无法提高整体作战效能。戚继光请求朝廷准许他按照自己的思路训练作战部队。

朝廷立刻同意了戚继光的建议，并大力支持他按照自己的想法去做。戚继光就采取了以下改进措施：首先，他在浙江义乌地区招兵。这个地区的百姓非常符合戚继光的招兵条件，而且本地百姓早就想向倭寇们复仇了。其次，针对倭刀比明军现役兵器长一些的特殊情况，戚继光研制了狼筅等从远距离克制倭刀的专用武器以装备部队。最后，在新兵、新装备的基础上，戚继光潜心研究出了鸳鸯阵法，利用一个战斗小组之间的相互配合来最大限度地进攻倭寇。

按照戚继光的想法装备、训练出来的浙江义乌新军进入实际战斗后，效果出乎意料的好。于是，戚继光很快就把浙江沿海的倭寇全部剿灭了。

但福建的倭寇问题又凸显出来，福建地区向朝廷求救，戚继光又奉命带兵到了福建，把盘踞福建多年的倭寇也一网打尽。从此，在浙江、福建周边岛屿的倭寇聚集点被一扫而光。

至此，倭寇远离了明朝的东南沿海一带，再也不敢侵扰明朝百姓了。在戚继光多年剿寇的战斗中，损伤士兵最多的一次是90多人，还是唯一的一次。正常情况下，戚继光领兵对阵倭寇，他的部队几乎是零伤亡的，这大大提升了明军的士气，同时，极大地打击了倭寇的嚣张气焰。

戚继光的队伍被浙江、福建一带的人民所爱戴，人们亲切地称呼他的队伍为"戚家军"。倭寇被戚家军的威名所震慑，从此在中国东南沿海一带销声匿迹。

清平点评：

戚继光将军之所以能建立不朽的功勋，是因为他年少时就立有大志，他曾经有诗曰："封侯非我愿，但愿海波平。"他的一生也几乎是这句诗的写照。戚继光戍边一生，倭寇等外敌一直都不敢侵扰明朝边境。

戚继光将军还把自己带兵的方略、训练士兵的方法写成书，即《纪效新书》和《练兵实纪》，位列中国古代十大兵法之二，流芳百世。曾国藩训练湘军就是按照戚继光的这两本书来具体操练的。湘军战胜太平天国以后，满族贵族的高层认为：曾国藩区区一介书生，就凭两本书就可以训练出精锐程度超过所有朝廷现役军队的士兵，可见汉人尤其汉臣真是卧虎藏龙。

从此，满族高层开始有意识地防范汉臣。比较明显的举措就是各地屯兵时，士兵管理和枪械管理分属不同的官吏，以达到分而治之的目的。当然，这样的管理模式确实起到了一定的防范作用,但是也被日本间谍窥探出了虚实。他们认为,如果中国受到外来侵略,全国各地将如同一盘散沙,无法凝聚力量,无法形成一个拳头回击外来侵略者。正是基于这种判断,日本才敢放心大胆地入侵中国。

明朝末年，崇祯皇帝去世之后，朝廷曾在南京短暂立过几个皇帝，这一时期史称南明。郑成功是南明后期抗击清军的主要军事将领。郑成功收复台湾之战是指，公元1661年，郑成功率部驱逐霸占台湾38年的荷兰殖民者，从而收复宝岛台湾的这场战役。

荷兰殖民者于1624年明朝末年侵占中国台湾。清军入关以后，郑成功在厦门建立了一支水师，在其军事力量最强盛时，曾经联合另外一名抗清将领共同攻打南京，总兵力达17万人。但郑成功最终中了清军假投降的拖延之计，被几路赶到南京的清军援军打败，他只得退守厦门，凭借海战优势固守厦门、金门一带。

清军占领了福建省的大部分陆地疆域以后，由于不懂水战，无法在海上战胜郑成功的部队，于是就用封锁的办法围困厦门。他们要求福建、广东沿海地区的百姓后撤海岸线20公里，以断绝对郑成功的军需供应。不久后，郑成功招兵、筹饷都遇到明显的困难，产生了严重的生存危机。于是，郑成功决定向台湾方向发展。

台湾自古以来就是中国的领土。郑成功少年时期就跟随父亲到过台湾，亲眼看到过台湾人民被荷兰殖民者统治所遭受到的苦难。这一刻，也是在自身的生死存亡之际，他下决心赶走荷兰殖民者。于是，他下令修缮船只，收集粮草，准备渡海作战。

恰好在这时，给荷兰殖民者当过翻译的何延斌听说郑成功要攻打台湾，就赶到厦门拜见郑成功。他说："台湾人民受荷兰殖民者欺侮压迫多年，早就想反抗了。只要您的大军一到，台湾百姓一定箪食壶浆、夹道相迎。"他还送给郑成功一张台湾地图，把荷兰殖民者在台湾大致的军事布置等情况都告诉了郑成功。郑成功非常感激何延斌的雪中送炭。

1661年3月，郑成功起兵攻台，顺利登陆台湾本岛。台湾人民听说明军来到要赶走侵略者，都成群结队提水端茶，在大路两边迎接郑成功的军队。但是盘踞在台湾城的荷兰殖民者凭借坚固的城墙，负隅顽抗，等待救兵。

在围困荷兰殖民者8个月后，郑成功下令攻城，荷兰殖民者投降，郑成功释放敌军约500人离开了台湾。台湾沦陷于荷兰殖民者手中38年后，被郑成功收复。台湾岛上的居民人心大快。

郑成功收复台湾之后，引进明朝的各种管理制度，奠定了台湾的文化、政治基石。同时，在岛内实行屯田政策，重视农耕，发展生产；在海上展开各种贸易，发展经济。所以，台湾的经济发展与统一、安定后的清朝并驾齐驱，并没有与清朝大陆主体脱节。

郑成功收复台湾的这场战斗，驱逐了外来的殖民者，捍卫了中国的领土完整，奠定并维护了中华文化在台湾的主体地位，这一切都决定了台湾之后四百年的命运，郑成功不愧为收复宝岛台湾的民族英雄。郑成功收复台湾对近代中国具有极其重要的历史意义。

清平点评：

反向演绎主要涉及两个方向。一是虚构历史，歪曲历史人物的人格，对历史人物的形象进行不合逻辑的改造。比如，把一介书生狄仁杰塑造成一个武艺高强的人，这就属于不负责任地虚构历史。二是添加对历史人物不利的各种无法考证的细节，或者贬低对其的评价，以迎合民间对这个形象的厌恶。网络上针对郑成功的反向演绎，就是希望利用"儿子气死父亲"的这样一个根本无从考证的情节来贬低郑成功的形象，造成民间对郑成功非常厌恶的假象。从而，潜移默化地让后来的网络浏览者对郑成功产生跟随性的厌恶情绪。

这个反向演绎抹黑郑成功的套路是相当隐晦的。年轻人作为网络内容的接受者，会在无形中受到类似不实内容的影响，有些年轻人还会觉得这种内容比较好玩从而产生认同。

笔者在本文中分析关于郑成功的反向演绎，就是希望初涉网络的年轻人能够具备区分网络上不良信息的能力，知道哪些内容需要批判性地接受，并且在遇到类似内容时，擦亮眼睛。

左宗棠是晚清政治家、军事家，民族英雄，湘军著名将领，湖南人，洋务派代表人物之一。

被贬新疆的林则徐后来被朝廷重新启用，他在云贵总督任上病重，请求回乡。1850年1月，林则徐返回福州途中路过长沙，左宗棠经人推荐去拜见林则徐。两个人彻夜长谈，谈话内容涉及古今形势、人物品评、新疆时政（如屯兵、屯田、水利等）。林则徐认为左宗棠是位难得的人才，就把在新疆期间收集到的地图等文档资料都留给了他，这让左宗棠对新疆的风土人情、政治经济等有了深入的了解，为多年之后左宗棠进军新疆有重大的帮助。

1852年，40岁的左宗棠加入了湘军，成功突破了太平天国对长沙的围困。左宗棠一生的功名从此开始，并在接下来的岁月里，他接连平定了太平天国、捻军起义、陕甘地区的某族叛乱，为清朝立下无数战功。清朝朝廷册封左宗棠为陕甘总督，左宗棠时年62岁。

陕甘叛乱的叛军主力部队被消灭后，其匪首退入新疆，与盘踞新疆的俄罗斯人勾结，妄图割据新疆。1876年4月，左宗棠从肃州（今甘肃酒泉）正式出兵新疆。一年以后，他即收复新疆，并建议朝廷实行省制，尽快设立新疆省。

趁陕甘叛乱之际，1871年，沙俄侵占了伊犁，宣布伊犁永远归俄罗斯管辖。左宗棠收复了乌鲁木齐，平定了北疆和南疆，总共用了一年多的时间。左宗棠在收复了除伊犁以外的新疆所有领土后，要求沙俄兑现原来的诺言，归还伊犁。他尝试着先通过外交途径和平解决伊犁问题。

然而在谈判中，沙俄条件苛刻，并且一边谈判一边资助陕甘叛乱的头目不断武装入侵中国边境。于是，左宗棠向朝廷提出：先平定进入新疆的陕甘叛乱势力，再以外交手段收复伊犁，如果和平手段不能收复伊犁，将最终与沙俄刀兵相见。

1880年，清朝朝廷派出使节与沙俄再次谈判的同时，左宗棠分兵三路向伊犁挺进。此时，左宗棠已是68岁高龄，但他仍认为"壮士长歌，不复以出塞为苦也，老怀益壮"。左宗棠抬着棺材由肃州出发入疆，坐镇哈密，以示血战到底、收复伊犁的决心。

沙俄此时也刚刚结束与土耳其的恶战，实在不愿马上与清朝全面开战，在谈判桌上终于让步，遂归还伊犁九城，但仍割去了部分领土。1882年，左宗棠第五次奏请朝廷，提出趁伊犁刚刚收复、西征大军尚未撤离之威，不失时机地在新疆建省设县。这有利于新疆各地的稳定，加强社会治安，同时，也可以促进人们安居乐业，经济恢复元气。

左宗棠上书陈情，言辞恳切，清朝朝廷认为他的建议很有道理。于是，精心筹划在新疆建省设县。1884年，新疆省正式设立。

清平点评：

左宗棠两次率部队西征，一路进军，一路修桥筑路，沿途种植榆树、柳树。万万没有想到的是，左宗棠于1885年在福州病逝后，"左公柳"成了新疆一带的人们对他最深厚的纪念。这真是"无心插柳柳成荫"啊。

左宗棠是晚清四大名臣之一，其他三位分别是曾国藩、李鸿章、张之洞。曾国藩最大的功绩是为清廷镇压了太平天国运动，和平裁撤几十万湘军，同时，为晚清积累了大量的人才，有"天下贤才尽在其幕府"的称誉。李鸿章、左宗棠都是从湘军起家，逐渐开始崭露头角的。

但是，真论及对外作战，对中华民族的贡献来说，唯一可以称道古今的却只有左宗棠。以近代清廷的羸弱，若无左宗棠，新疆的160余万平方公里绝对不可能还保留在中国的版图之内。而李鸿章就更奇怪了，中法之战中国明明打胜了,他却主动向法方求和,使得战胜法国的老将军冯子材都看不下去,告病返乡。后来的战事就更不用说了,李鸿章在对外作战中无一胜绩,不仅北洋水师全军覆没,还将台湾割让给日本。他年迈之后的腐败、无能和软弱给清朝带来无尽的忧患。

综合来看,晚清这四大名臣,曾国藩可谓中规中矩,左宗棠收复新疆居功至伟,张之洞在逼沙俄吐出伊犁的事情中也算有贡献。李鸿章虽然领导了洋务运动,对近代中国也算有功绩。但整个国家、整个清朝虚弱无力,他的整个家族却腰缠万贯,这样的鲜明对比充满了强烈的讽刺意味。所以,从对国家、民族的贡献而言,笔者认为左宗棠实为晚清名臣之首。

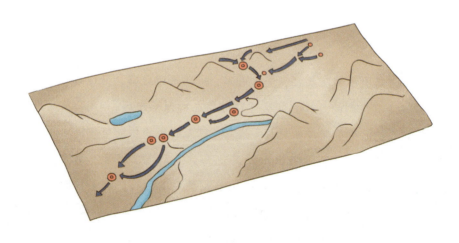

在中央红军第五次反围剿失利后，1934年10月中旬，中央红军决定开始突围西征，将西征队伍的整个后卫任务交给了第五军团。而在第五军团里担任最关键的后卫任务的，就是师长陈树湘带领的红34师。

红34师全师官兵共5000余人，一共下辖3个团，其中主力团100团团长是韩伟。在敌人四面合围、重兵压向红军队伍的整体态势下，红34师承担了整个军团的殿后任务，可谓责任重大、任务艰巨。

红34师全体指战员在师长陈树湘的指挥下，灵活运用有利地形，合理分配兵力配属，努力在减少自身伤亡的情况下达成作战目标，多次成功阻击数倍于己的国民党中央军及各省军阀。再加之围攻红军的各省军阀与国民党中央军同床异梦、各怀鬼胎，要么保存实力，要么礼送红军离开本省，使得红34师在与尾追而来的国民党军的周旋中，一直保持相对比较完整的建制。

1934年11月28日，红34师阻击国民党军四个师的轮番进攻达三天三夜之久，为掩护党中央、中央军委和兄弟部队于12月1日渡过湘江，起到了至关重要的作用。

在整个湘江战役中，所有的阻击战都打得很辛苦，除红五军团，保障中央军委侧翼安全的其他军团也都损失惨重。甚至在有的阻击阵地上，一天之内就牺牲了两任团长。

但是，为了保证党中央和中央军委的安全，红34师毅然放弃了数次安全渡过湘江的机会。当完成了所有的阻击任务后，12月1日下午，红34师已经陷入敌人的重重包围之中，根本没有了安全渡过湘江的任何可能。当时红34师大约还有3000人，建制勉强算完整。

既然已经没有了渡过湘江的可能，师长陈树湘决定带着队伍折返，向东进入山区。人困马乏的红34师一路上缺少粮食和弹药，还不断遭遇敌人优势兵力的袭击，部队不可避免地被打散了。红34师一部一直苦战到12月11日，师长陈树湘带领的数百人遭到当地民团的伏击，陈树湘腹部中弹。他迅速决定自己留下来养伤，命令其余不足百人的队伍在政委的带领下上山隐蔽。

陈树湘在养伤时被民团发现，不幸被捕。他在担架上渐渐苏醒，用手从腹部伤口处搅断肠子，当场壮烈牺牲，时年29岁。

然而，领导100团掩护陈树湘部队撤离，在最后时刻跳下悬崖的团长韩伟却犹如被神灵护佑，他的身体被半山腰伸出的树枝托挡住了，大难不死。难道韩伟团长跳崖的壮举真的在那一刻感动了上天吗？韩伟团长于1955年被授中将军衔，1992年8月5日在北京逝世，享年86岁。去世后，按照韩伟将军的遗愿，他的骨灰安葬于闽西，与他魂牵梦绕的数千名红34师烈士永远地待在了一起，永远受后人的敬仰与祭奠。

清平点评：

中国的烈士群体是为了他人的幸福与未来而勇于牺牲自己的一群人，从中国传统文化的角度而言，这就是舍生取义。包括师长陈树湘在内的数千名红34师的烈士，是本系列书籍中首次介绍到的革命烈士，更是首次介绍到的烈士群像。

据不完全统计，约有2000万名烈士为了民族独立、人民解放、国家强盛、人民安居乐业而英勇牺牲。战争年代条件有限，许多先烈都没有留下姓名。全国有名字可考，被收入各级《烈士英名录》的烈士，据统计仅有193万余人，尚不足全部烈士的十分之一。本系列书籍从红34师的烈士群像开始，将陆续介绍其他革命烈士，他们中有单个个体的形象，也有多个烈士的形象，也有为数不多的几组群像。他们都永远活在我们的心底。

西方比较有名的一个心理学理论是马斯洛的需求层次论。马斯洛将人类需求由低到高分为五种，分别是生理需求、安全需求、爱和归属感的需求、被尊重的需求和自我实现的需求。

生理需求指用水、食物等物质维持生命存续和繁衍的需求；生理需求满足了，就会产生安全需求；安全需求满足了，就会产生爱与被爱、归属感等需求；生活品质变高了以后，人就会产生被尊重的需求；被尊重表明拥有了相应的社会地位，在这个时候人们就会追求自己的理想，以达成自我实现。马斯洛的理论指出：人的需求一般是从低向高发展的，满足了低层面的需求后，才会追求更高层面的需求。

但是，中国革命烈士这一群体显然打破了马斯洛的理论框架及基础。他们追求牺牲自我、舍生取义，以达成整体的、其他大多数人的利益，这个境界早已经远远超越了自我实这一境界。

红34师的很多烈士在牺牲时甚至还未满20岁，按照马斯洛的需求层次理论来讲，他们可能刚刚被满足了生理需求和安全需求，或者部分满足了归属感的需求。按照这个理论来讲，这些年轻的烈士应该不会有超越追求被尊重和自我实现的行为，但是，他们显然都跨越了这两个层次，而直接进入了人生境界的最高层次——舍生取义。这对西方人来说，是非常难以理解的。而这正是中国传统文化与西方文化的一个根本性区别。

十八、飞夺泸定桥

泸定桥是一座铁索桥，坐落在四川省泸定县城西面的大渡河上。全桥由13根铁链固定在两岸。9根铁索做底链，4根铁索分在两侧做扶手。桥面铺设木板，桥头石碑上刻着：泸定桥边万重山，高峰入云千里长。

泸定桥东段即是泸定县城。这座城一半在东山上，一半贴着大渡河河岸。城墙高两丈有余，西城门正堵着桥头，过桥必须经过此门。历史上，这座桥一直是汉族聚居地和藏族聚居地的交通枢纽，地理位置险要且易守难攻。

1935年5月25日，红军在长征途中抢占了大渡河上的安顺场渡口后，发现能用来渡河的船只非常少，只有三只小船可以用。如果只依靠这几艘小船，红军几万人要全部渡河，最快也要一个月的时间。而国民党的追兵就在身后，仅用几天的路程就能赶上红军，形势十分严峻。

于是，第二天，党中央就做出了从泸定桥上渡过大渡河的决定。已经渡过安顺场渡口的红军部队和未渡河的部队分别沿河的两岸抢占泸定桥。未渡河的左路军由王开湘、杨成武率领的红四团作为前锋部队，要在敌军援兵到达之前，于29日拂晓抢夺泸定桥。这需要红四团全团官兵一昼夜行军120公里山路，将突破其创下的一昼夜行军80公里的全军纪录。

接到命令后，红四团翻山越岭，沿途击溃了好几股阻击的敌人。到晚上7点钟，离泸定桥还有55公里。这时候，他们忽然发现对岸出现了无数火把向泸定桥方向奔去，这分明是敌人正在增援泸定桥的部队。红四团若想完成抢夺泸定桥的任务就只有一条路：先于敌人的增援部队到达泸定桥。

为了提高夜间行军的速度，红四团索性也点起火把急行军。对岸敌军也看不清，问是哪个部队，战士就回答是遇上红军撤下来的国民党军队。敌人并没有起疑心。夜深了，雨越下越大，把两岸的火把都浇灭了。

对岸的敌人停下来宿营，而红四团仍旧摸黑冒雨前进。终于在29日早6点赶到了泸定桥，把增援泸定桥的国军远远地抛在了身后。

泸定桥离水面有十几米高，平常桥面上铺着木板，人走在上面摇摇晃晃，就跟荡秋千似的。现在敌人为了防止红军过桥，已经把桥面上的木板全都抽掉了，只剩下了铁链。守卫泸定桥的两个团的敌人早已在城墙和山坡上筑好了工事，妄图以险据守，阻止红军过河。

红四团到达指定地点后，立即报告了党中央，并挑选了22位勇士担任突击队，他们腰插短枪、背着马刀、带着手榴弹，冒着敌人的枪林弹雨，攀上铁链，向对岸爬去。跟在突击队后面的部队除携带武器外，每人还带一块木板，一边前进，一边铺桥。

对面的敌军本来十分猖狂，刚开始还冲着红军喊："有本事你们就飞过来吧。"随后敌人一见到红军血战到底的气势，心中暗自胆寒。正所谓"狭路相逢，勇者胜"。经过激烈的战斗，眼见突击队就要冲过桥来，敌人歹毒地放火烧桥，可是已经来不及了。突击队一冲过桥就立即灭火。后续部队也冲进城去，和城里的守敌展开了激烈的搏斗。激战两个小时，守敌被消灭大半，其余的都逃跑了。

清平点评：

飞夺泸定桥是红军长征时期非常关键的一场战役，红四团仅用两个小时就结束了战斗。这不仅是我军中国历史上的军事奇迹，也是全世界军事史上的奇迹。

首先，第一个军事奇迹是指红军山地行军一昼夜达120公里，这在世界军事史上绝对首屈一指。飞夺泸定桥中的"飞"字，就是指红军的行军速度飞快。

其次，第二个军事奇迹是指整场战役的速度。最激烈的夺桥之战后，再加上肃清县城内守军的战斗，总共用时仅仅两个小时。一小半本地的守军听说泸定桥已经失守，红军已经进城了，立刻就逃跑了。

最后，强调的是这场战役对中国革命的意义。它是中国红军长征途中的重要里程碑。中华人民共和国的十大元帅里，就有七位在长征时经过泸定桥。所以说，如果没有飞夺泸定桥的军事胜利，中国的整个现代史几乎都要重新书写。中国人民解放军军史上有多次极其重要的转折之战，而红军长征历史上也有数次生死之战，飞夺泸定桥就是尤为重要的一次。其他如喋血湘江、突破腊子口也都属于生死存亡之战。

十九、朱德的扁担

1886年12月1日，朱德出生于四川省仪陇县，1909年，他考入云南陆军讲武堂。1917年，朱德就已经出任滇军旅长，他在长期的军事生涯中积累了丰富的军事经验，但在长期周旋于各省军阀之间，互相征战、抢夺地盘的过程中，朱德逐渐认识到，这样的一条道路无法彻底拯救中国于水火之中。

在俄国十月革命成功的影响下，五四运动之后，马克思主义思想在中国得到广泛传播，心系中国前途命运的朱德开始关注共产主义的相关思想。终于，朱德在1922年8月为寻求拯救中国的真理远赴德国，在柏林结识了周恩来等共产党人，并在周恩来的介绍下加入了中国共产党。

1926年夏，朱德回国，1927年初，他到南昌创办军官教育团，培训军事干部。1927年7月，朱德参加八一南昌起义，起义军主力部队南下广东后，朱德率领后卫部队负责阻击敌人，经过三天三夜的鏖战，掩护主力南下。

完成了阻击任务后，朱德率领队伍继续转战湘南一带，在此期间，得到云南讲武堂的同学也是结拜兄弟的范石生的鼎力相助，队伍获得了宝贵的休养生息的机会。1928年4月，朱德带领约八百人的部队上了井冈山，与毛泽东领导的部队会合。随即成立了中国工农红军第四军，朱德任军长，毛泽东任党代表。从此，朱德成为了党和军队的核心领导人之一。

朱德曾经在旧军阀部队任高官，对军阀管理部队的弊端有深刻的认识。在成为了人民军队的领袖以后，他在与毛泽东主席的长期合作与沟通中，逐步形成了一整套适合人民军队建设、休养生息、发展壮大、作战等重大军事问题的理论体系，并身体力行地在军中推行、实施。

其中，非常关键的一条建军原则是：中国共产党领导的红军以及后来的八路军、解放军军中都实行严格的官兵一致的原则。即便朱德当了全军的总司令也不例外。当时适逢响应延安号召，开始大生产运动，朱总司令严格要求自己，身体力行，亲力亲为，与普通官兵一样肩挑手锄，什么活都不落在年轻官兵的后面。

当年，朱总司令已经50多岁了。年轻的军官和士兵们不忍心看着总司令员和自己一样干非常粗重的活。于是，大家想了一个办法：偷偷地把朱总司令主要的干活工具——扁担给拿错了，或者干脆说弄丢了，以达到让朱总司令少干粗活的目的。

朱总司令明白这是官兵们对自己的照顾，但也并不说破此事。就重新领了一个扁担，并在扁担上刻上了一行字——"朱德的扁担"。于是，年轻将领和战士们也就不好再偷偷拿错了，只是由衷地钦佩总司令员以身作则的作风。

清平点评：

在共产党的建军历程中，其中一位非常重要的奠基人就是总司令员朱德。朱德曾经在旧军阀任高官，深刻理解旧军阀体制的弊端，非常支持改革旧的军事体制。在南昌起义失利后，朱德带着队伍与毛主席在井冈山会师，从此以后，朱毛二位领袖就成为了最亲密的战友。

朱德作为总司令员，亲自参与实践军内的关键建军思想，如非常重要的官兵一致原则，这对党的军队中上下级同心起到了关键的示范作用，并由此产生了深远影响。军内各级指挥员都把"官兵一致、上下同心"落实到军队的每一个角落。

中国共产党的军队从产生到发展再到壮大，一直都能以弱胜强，这与共产党人民军队的建军思想是息息相关的。本系列故事将从介绍朱德将军的扁担开始，逐渐展开，并一个层面、一个层面地介绍人民军队的建军思想。本篇是从官兵一致这个层面入手，在后续的故事讲解中还会从更多的层面来加以阐述。

由于共产党的人民军队从产生的第一天起，就和旧军阀的军队有天壤之别，所以人民军队的战斗力无与伦比。这也难怪旧军阀中流传"逢红必败"（红在这里就指红军）的说法。就这样，共产党领导的军队才能逐渐由弱变强，取得了中国革命的最终胜利。朱德总司令的扁担现在陈列在中国军事博物馆里，供后人瞻仰。

二十、上甘岭战役

上甘岭战役是抗美援朝后期美军主动发起的最后一场大规模的进攻战。自此役以后，美军再也没有主动发起营级以上规模的进攻。

上甘岭战役的中方主要参战部队是15军，军长是秦基伟。15军的前身是中原野战军第9纵队，后改为第二野战军第15军。这支部队自1947年才开始组建，并非属于组建特别早、参加过长征的红军师，战斗力在抗美援朝参战部队中属于中等。

但是，15军在上甘岭战役中所迸发出的战斗力和坚韧却让全世界都为之震撼。军长秦基伟在战斗最激烈的时刻，在已经没有任何后续储备部队调用的情况下，决心投入最后的机动力量——警卫连，这是15军军史上从来都没有过的残酷现实。警卫连96人，冒着敌人的炮火成功地冲到被增援坑道的只有24人。这个过程中，警卫连的指导员都牺牲了，让秦基伟军长痛心不已。

上甘岭战役中，"一个苹果"的故事就是在艰苦的坑道战中发生的实例。这是一个八位志愿军战士在坑道中坚守，尽管口渴难耐，却舍不得吃完一个苹果的故事。最后连长下令让所有战士挨个吃，但转了一圈下来，每个人只吃了一小口，苹果还剩下大半个。

这种战友间的关怀弥漫着整个坑道，让每个战士都眼含热泪。就是在这种忘我精神的激励下，第15军在上甘岭战役中表现突出，一战成名，步入我军劲旅之列。当时，为了改善坑道坚守战士的后勤供应，在上甘岭战役最艰苦的时期，有一个特殊的军功标准：谁能将一个苹果送入坑道，就给谁记一个二等功。

坑道里的战士轮流分苹果的故事也被电影《上甘岭》改编采用，影片播放至此情节时，响起了后来在全国脍炙人口的主题歌——由郭兰英老师演唱的《我的祖国》，歌曲原名《一条大河》。歌中名句"朋友来了有好酒，若是那豺狼来了，迎接它的有猎枪"充分表达了中国人民爱好和平，同时又不屈于外部压迫的民族精神。

上甘岭战役总共历时43天，地面阵地反复争夺易手达59次，美军第7师不仅在战役中遭受了巨大的伤亡，还创造了一个新名词：范弗里特弹药量（美军使用的弹药量是平常的五倍），即非常任性地过度使用火力的意思。这场战役终止了美军内部乃至美国政界的一个争执不休的问题，那就是：中国军队在美军绝对优势的火力下能否坚守阵地。答案是极其明显和明确的：能！这场战役对美军士气打击极大，此役后，美军远东指挥部不得不停止了营级以上规模的主动战斗计划。

1961年，中国人民解放军第15军改编为空降兵军，同时，原空降兵师归入该军建制，组成了空降兵第15军。1993年1月，该军由广州军区空军划归军委空军直接建制领导，被称为"千岁军"。

清平点评：

抗美援朝战役里的铁原阻击战和本故事中的上甘岭战役，是志愿军入朝作战中最重要的两次史诗级阻击战。经过这两次战役，让太平洋彼岸的美国政客毫无疑问地得出了一个头疼的结论：如果依照这两次战役的作战效果，联合国军两百年也打不到鸭绿江边。

纵观整个解放军军史，成功的进攻战役中，都必然包含着成功的阻击战。其中比较著名的就是塔山阻击战，此战在解放军军史上唯一一次把阻击战打成了主角，攻城战反倒有惊无险、相对顺利，成了整个锦州战役的配角。塔山阻击战确实属于铁血阻击战。

解放军军史上还有很多非常成功的阻击战，如湘江阻击战、孟良崮战役。读者如果有时间，可以查阅资料，研究一下解放军的战役实例，看看其中的阻击战对整个战役起到了什么样的重要作用？相反地，如果整个战役中阻击作战不力，会造成什么样的严重后果？提示：可以参考榆林战役。

　　上甘岭战役的胜利，不仅仅是中国人民志愿军的胜利，也是曾经辉煌了两千多年的民族在近代被欺辱了一百多年后，那种尽管民族历经了灾难但却坚毅地重新找回自信时，民族觉醒的胜利。

中国历代励志故事小讲
文仕篇

高清平 著
赵 晶 绘

中国林业出版社

图书在版编目(CIP)数据

中国历代励志故事小讲.文仕篇/高清平著；赵晶绘.—北京：中国林业出版社，2019.5
ISBN 978-7-5219-0059-0

Ⅰ.①中… Ⅱ.①高…②赵… Ⅲ.①历史故事—作品集—中国 Ⅳ.①I247.81

中国版本图书馆CIP数据核字（2019）第077363号

中国林业出版社·建筑分社

责任编辑：纪亮 樊菲
特邀编辑：胡萍

出版	中国林业出版社（100009 北京市西城区德胜门内大街刘海胡同7号）
	http://www.forestry.gov.cn/lycb.html 电话：（010）83143610
发行	中国林业出版社
印刷	北京中科印刷有限公司
版次	2019年5月第1版
印次	2019年5月第1次
开本	1/16
印张	5.5
字数	100千字
定价	118.00元（全3册）

前 言 FOREWORD

　　本书为系列书籍，此次出版的是第一辑。本辑由《勇武篇》、《文仕篇》、《仁者篇》三本组成，主要是用大家耳熟能详的小故事讲述一些基本的做人的道理，从而使读者深刻了解中华文明数千年以来传承的脉络。

　　孩子的未来不仅仅是他自己的未来，也是整个家庭的未来。从更大一点的角度说，他们的未来也是国家的未来，更是一个民族的未来。

　　现在的孩子们一出生就面临着一个知识爆炸的互联网时代，和笔者及其几乎所有长辈的生长环境都不相同。此时此刻，很多长辈们的成长经验与经历几乎无法很好地引导孩子们。如何正确地面对这样的互联网时代？如何让孩子们正确地利用互联网而不是单纯地沉溺于互联网？对于这个方向上的家庭引导，笔者在本系列书籍中有意识地做了一些尝试，希望在家庭中产生良好的互联网应用氛围，从而进一步引导孩子在互联网应用方面形成良好的习惯。从另外一个角度来说，这也是在高效地、正能量地利用互联网。

　　孩子一出生就接触家庭，然后是幼儿园和学校，再逐渐接触整个社会，对每一个孩子来说，原生家庭的教育，也就是父母的言传身教，都是至关重要的。其实对年轻的家长来说，孩子成长的过程也是年轻父母走向成熟并逐步成长的过程，也是年轻父母从年少气盛、曼妙青春走向成熟稳重的自我成长。孩子步入校园，开始系统性学习知识的同时，也接触到了校园这个相对单纯的小社会。所以家庭教育、学校教育、社会教育的三位一体，才是对孩子在如何做人这个环节上的全面教育。

　　笔者从小生长于一个教师家庭，父亲一辈子从事教育工作，对笔者的成长影响至深。笔者创作此系列书籍总共用时约两年，也是希望以此表达对去世十多年的父亲的缅怀。

　　然而，在全新的互联网时代，家庭、学校、社会如何在孩子正确做人这方面进行三位一体的全面的、系统的教育，这是一个复杂的课题。笔者用这一系列书籍从某一个角度掀开这个课题的一角，抛砖引玉，希望家长、老师们给予斧正。

　　希望每一个孩子读完这套系列书籍后，在家长、学校、社会的帮助下都能深刻了解中华文明传承的奥秘，同时，也能正能量地面对互联网，并能正确地利用互联网，能够学会从海量信息中分辨是非良莠，从而端正自己的人生态度，少走弯路。

　　祝福孩子们都有一个平安、健康、幸福、快乐的人生。人生较长时间的平淡无奇，并不意味着永远没有机会光辉灿烂。孩子们，一定要好好珍惜人生的每一天。

高清平

2019年1月10日凌晨

目录 contents

前言
篇首语
- 一、炎帝种谷　　　　　5
- 二、大禹治水　　　　　9
- 三、两小儿辩日　　　　13
- 四、大公无私　　　　　17
- 五、开卷有益　　　　　21
- 六、伯乐相马　　　　　25
- 七、张骞出塞　　　　　29
- 八、司马迁忍辱创《史记》33
- 九、苏武牧羊　　　　　37
- 十、杯弓蛇影　　　　　41
- 十一、父子宰相：范仲淹、范纯仁　　　　　　44
- 十二、包拯轶事　　　　48
- 十三、司马光砸缸　　　52
- 十四、苏东坡被贬　　　56
- 十五、张居正中兴明朝　60
- 十六、林则徐虎门销烟　65
- 十七、陈嘉庚倾资办学　69
- 十八、周恩来为中华崛起而读书　　　　　　　73
- 十九、邓稼先研制"两弹"77
- 二十、钱学森归国　　　81

篇首语

本书为系列书籍，这是第一辑，共三册，此文为每一册的篇首导入文。

人物：班主任、男生糖糖、女生果果。

糖糖、果果开学了——开学第一课

班主任：我们都是中国人，每逢周一上午，全校师生都会升国旗、唱国歌，可是同学们了解中华文明吗？

中华文明是全球四大古文明之一，四大古文明指古埃及文明、两河文明、古印度文明和中华文明。这四大古文明都有五千年以上的历史。但是发展至今，除中华文明以外的三个文明都发生了严重的断代或者文化变异，而唯有中华文明，不仅保持了严谨的传承性，而且还随着时代的发展，不断地包容、吸纳各时代先进的文化因子，与时俱进，给世界文明留下了光辉灿烂的独特篇章。

中华文明源远流长，在文字产生以前，文明的传承方式都以神话故事、口口相传的形式为主，真正有遗址和文物出土，能够以实物证明的中华文明史始于夏、商、周，商、周更是有文字记载。在此之前的三皇五帝（著名的尧、舜、禹即为夏之前的三帝）时代鲜有文字记载。夏朝约始于公元前21世纪，距离现今的21世纪约有四千多年，再加之三皇五帝的历史，所以，一般意义上来讲，中华文明至少有五千年以上的传承史。

夏、商、周是奴隶制国家，夏朝、商朝是部落制管理的国家，带有一定的原始社会色彩，周朝正式进入诸王分封制国家。周朝分西周和东

周两个时代，东周又大致分春秋和战国两个时代。

秦朝开始成为封建制国家，并出现了郡县制，即国家直接派遣官员管理郡县的国家治理形式，并实现了第一次国家意义上的大一统，这些管理方式影响至今。

汉朝分西汉、东汉两朝，是中华文明的重要发展时期。两汉政权稳固，国力强盛，"汉"的称谓通过丝绸之路走向世界，我国的主体民族汉族也因此得名。

汉末以后的三国时代，是秦朝大一统后的第一次分裂割据，虽然随后的两晋即西晋和东晋有了短暂的统一，但随之而来的南北朝时期却是一个较大的、长期南北分裂的局面。南朝有宋、齐、梁、陈四个小朝廷，北朝有北魏、西魏、东魏、北齐、北周五个小朝廷。

隋朝实现了中国历史上的第二次大一统，完善了六部制的行政管理体制和以大隋律为基础的法律体系，并在人才选拔机制上采用当时非常先进的科举制。这些创举都被后续朝代沿用，其产生的影响至今仍有存留。

唐朝不仅是中华文明发展的一个鼎盛时期，而且名声远播至全世界。大唐吸取了晋、隋两朝统一非常短暂的教训，唐初的几位皇帝基本都坚持不过度扰民的治国理念，所以唐朝迅速强盛起来。大唐是当时全世界国家治理、文明发展的典范，同时期的中华文明也吸纳、包容了很多其他的文化因子，使得"包容"成为了中华文明一个至关重要的特征。因此，中华文明具备了强大的生命力。

唐朝以后，中华大地进入了分裂割据最严重的五代十国时期。五代十国指这段时期影响力较大、存续时间较长的朝廷，影响力更小的割据政权更是多如牛毛。

五代十国以后的两宋，也就是北宋和南宋，虽然都没有真正统一中国的北方，因为同时期北方的少数民族政权有辽、金、西夏，他们与两宋长期共存。

元朝实现了中国版图的第三次大一统。元朝是中华大地上首次出现的由北方游牧民族建立的大一统政权，此后的明朝、清朝两朝也都是大一统的朝代，所以从元朝以后，大一统的思想一直在中国人心中占据着重要的地位。

明朝是汉族建立的大一统时代，清朝由满族人建立。清朝的康雍乾盛世是中华文明的又一次辉煌，也是以农耕文明为代表的中华文明第三次达到世界发展史上的巅峰。

然而，这次巅峰之后，中华文明迎来了约两百年的低谷。过度重视农耕，再加之封建统治阶级的自我封闭，中国在工业化的大潮面前落伍了。落后就要挨打，中国在清朝末期陷入了半封建、半殖民地社会。

1840～1949年，中华大地上的国人，在苦苦追索彻底拯救中国的道路上坚持了一百多年，终于迎来了中华人民共和国的成立，又经过六十多年的艰苦努力后，让以农耕文明为特征的中华文明极大地包容了工业文明的因子。如今，中华大地上的工业产值已据全球前列。这不仅说明了中华文明拥有强大的包容性，更彰显了中华文明强大的生命力。与时俱进，中华文明将创造中国历史上的又一次辉煌，中华文明即将迎来第四次发展的巅峰！

同学们，中华大地五千年的文明史就简单介绍到了这里。在这里衷心地希望同学们能投身于祖国的发展建设，完成历史赋予你们这一代人的使命，重塑中华文明新的辉煌。

今天我讲的这些，你们现在不一定能够全部理解，这没有关系。希望你们发奋学习，多多读书，能够早日彻底理解这堂课的内涵。

同学们，祝你们健康成长每一天！

一、炎帝种谷

中华民族是传统的农耕民族，黄河中下游地区是中华文明的发源地，最原始的农耕文明就在黄河两岸肥沃的土地上逐渐生根发芽的。炎帝种谷的典故来源于三皇五帝时期的神话传说，这是一个大部落的首领带领部落居民研究谷类的生长规律，并组织部落居民逐步试验种植，再总结种植规律并将其发扬光大的故事。

话说在炎帝之前，部落居民主要靠狩猎为生。炎帝当部落首领时，部落居民逐渐多起来，但是飞禽走兽数量有限，人们的狩猎技巧也参差不齐，有的部落居民经常挨饿。炎帝作为首领，看在眼里、急在心里，一心要为部落居民解决这个问题。

有一天，炎帝意外地发现很多植物的果实埋入地下还会长出新的植物。他就想：如果能分辨出哪些果实能吃、哪些果实不能吃，然后把能吃的果实再埋入地下，让它发芽、开花，再结出果实，这样就解决了部落居民的生存问题。

随后，炎帝尝遍千草百卉，终于选出了"五谷"，苦心研究其播种、栽培技术，然后教给部落里每一位居民。于是，种植业由此兴起。

通过这样的作物种植试验与推广，人类稳定的食物来源问题得到了解决，在此基础上人类才逐渐发展出一日三餐等饮食习惯。更随着中国人民无穷无尽的智慧发展，又逐渐发展出了独具各种地方特色的菜系，为人类的智力发展提供了丰厚的物质基础。

除了发展农耕，炎帝还奠定了中国中医学的基础。相传炎帝在尝百草的过程中，发现百草中有的吃下后，会感到恶心呕吐，甚至肚疼腹泻；有的吃下后，会感到精神爽快，吐泻立刻就止住了。这些都是药草的特定药性。

为了试出草木的各种药性，炎帝经常以身试药，有时一天内中毒数十次之多。虽然这个过程非常痛苦而且危险，但炎帝看到老百姓受尽疾病折磨，心存不忍，还是下决心尝百草，以确定它们各自的味道和药性，然后制成方剂，医治人们的疾病。

多年以后，炎帝终于摸清了多种草木的药性，并按照一定的比例配成千千万万个方剂，传给世人。所以，按照民间流传的说法，炎帝不仅是一位农业之神，也是一位医药之神。老百姓为了感谢炎帝，就把他敬之如神，称他为"神农氏"。

清平点评：

中华文明是典型的农耕文明。著名的二十四节气歌写道："春雨惊春清谷天，夏满芒夏暑相连。秋处露秋寒霜降，冬雪雪冬小大寒。"现在的作物种植也还是按照二十四节气来的，既不按照阳历的月份时间表，也不按照阴历的月份时间表，而是到了一定的节气，就开始种植相应的作物。

中国人从骨子里就是农耕文明的继承人，很多人是"种菜狂魔"。只要有一片闲置的空地，很多中国人第一时间想到的就是：这片地可以种点什么？举两个现代生活的实例。第一个例子就是中国的南极科考队在南极基地里种菜。在全球开展的南极科学考察活动中，中国属于后来者，中国南极科考站的建立更是晚于很多国家。南极的食物补给一直是困扰各国科考队的大问题，从来都没有新鲜蔬菜补给，几乎全部是冰冻食物。但是中国人现在已经通过自己种菜在南极科考站实现了新鲜蔬菜的补给。

第二个例子就是部队里几乎每个军营里都有一片菜地。原来南海的很多军事基地过于狭小，即使现在扩建后的岛礁也是寸土寸金，但是每个岛礁驻扎的军营里都少不了菜地的规划。蔬菜的保鲜保质期短，如果用长途运输进行补给，既不经济，又不能保持新鲜，自己种菜自己收，既锻炼了官兵勤劳的习惯,培养了军队传统的艰苦朴素的作风,又切实解决了部队自身平常的补给供应难题,确实是一举数得。

所以说,无论是中国南极科考站,还是部队营地,因地制宜地种菜展现出中华民族无穷无尽的智慧。也希望读者们能用自己的眼睛在日常生活中发现类似的民族特性。

二、大禹治水

大禹治水是中国历史上非常著名的一个故事。对于一个农耕民族而言，除农田耕种以外，水利工程也至关重要。所以，在数千年以前，中国这片土地上就有了"大禹治水"、"大禹三过家门而不入"等脍炙人口的故事。

大禹是个治水工程的"水二代"，之所以这么讲，是因为大禹的父亲鲧也一生致力于治水。当时，黄河流域洪水泛滥，人们只能逃到山上去躲避洪水。耕种的庄稼都被淹没了，人们只能挨饿受冻，生存受到严重的威胁。鲧的治水策略是"堵"，哪里有水，就在哪里筑坝把水挡住。但是鲧终其一生也未能征服水患。鲧去世前把自己的教训、经验都告知儿子大禹，嘱咐他完成自己未竟的事业。

大禹刚开始负责治水时，刚刚新婚不久。尽管他非常不舍得离开新婚妻子涂山氏，但他知道洪水造成的危害实在是太大了。最后大禹下决心向妻子告别说："你知道我是多么不舍得离开你，但是洪水危害我们生活的时间太久了，我要带着人们去消除水患，这几年可能都不能回家。"涂山氏也舍不得丈夫，她流着眼泪说："我已经有了身孕，你可要早点回来看孩子啊。"其实她心中非常支持丈夫的事业。于是，夫妻二人洒泪而别。

大禹走遍了水患严重的区域，每到一个地方都精心丈量，仔细研究对策。经过长时间对水患现场的深入调查与研究，在充分吸取了父亲的经验与教训后，大禹把治水的总策略定为"疏"，就是哪里出现水患，就在哪里挖渠，把水引到其他地势较低的地方去，并最终引入河流，汇集于大海。于是，他带领人们开始在水患严重的区域挖大大小小的引水渠，让各处的洪水都向东流入大海。

于是就有了"大禹三过家门而不入"的故事。有一次，大禹路过自己的家门口，非常想看一眼妻子和儿子。大禹甚至在门口都能听到儿子的哭声，但一想到治水任务在身，怕自己意志不坚定而中途停止治水，便忍住没有进门。他暗下决心：不治理好水患就绝不回家。

经过十多年的呕心沥血，大禹最终解决了困扰部落多年的水患，咆哮的河水乖乖地沿着引水渠体系缓缓地东流入海，不仅再也不来淹没人们辛苦种好的庄稼，还成为了灌溉庄稼必不可少的水源。

看到人们都安居乐业，生活开始走向正轨了，大禹立刻回家，看望妻子涂山氏和尚未谋面的儿子。一见面，大禹便眼泪汪汪，对妻子说："这么多年来你始终没有怨恨我，精心照看家庭，养育孩子，治水的功劳也有你的一份啊！"涂山氏说："我一介女子，无法帮你挖土开渠，只能不扯你的后腿，在言语上鼓励你啊。"夫妻二人相拥而泣。

水患被根除了，人们感激大禹的付出，于是推选他为首领。大禹去世后，把首领的位置传给了自己的儿子启，这开辟了中国历史上传位于儿子的世袭制的先河。启是夏朝的开国之君，夏朝后面是商朝，商朝后面是周朝。从此以后才有了秦皇汉武、唐宗宋祖的伟大历史沿革。

清平点评：

对农田、水利的高度重视几乎贯穿中国的整个历史长河，比如大禹治水后的东周有郑国渠、都江堰等工程。郑国渠让关中平原沃野千里，都江堰工程更是让成都平原成为了历朝历代的大粮仓；秦始皇为了占据岭南修建了灵渠；隋朝初次修通连接南北水系的大运河工程，把富庶的江南鱼米之乡与东都洛阳连接起来，这就是后来著名的京杭大运河的前身。

由于中国的地势西高东低，所以境内的大多数河流都是从西往东流的。在古代，水路运输是成本低廉、运力最大的运输方式。因为古代没有高速公路，更没有铁路，陆路交通非常不方便，运输时间长，路途消耗大，成本高。从大批量物资运输的角度以及纯地理现状而言，中国缺乏一条南北走向的水系来改善南北方向的运输状况，于是京杭大运河应时代的要求而生。它促进了中国南北水系之间的经济交流，是当时中国的一条主要经济命脉。

京杭大运河对后来的清朝至关重要，以至于形成了有名的漕运，沿岸各地漕运码头都是当地最富活力的地区。清朝朝廷还设有漕运总督一职，专门负责大运河经济动脉的畅通有序。在民间也有个帮派叫漕帮。但这些都随着后来陆路运输的发达，尤其是铁路运输体系的发展，而逐渐变得不再那么至关重要了。但是迄今为止，长江水系、运河水系也依然是中国非常重要的运输通道。

现代社会依然重视水利工程，比如中华人民共和国成立后，在全国各地共建设了约八万座水库，以保障各地的农业生产所需。这些水利工程在我们的日常生活中随处可见。

三、两小儿辩日

这则故事说的是两个小孩与孔子之间的一段对话。孔子是儒家文化的开创者，是教师行业的开山鼻祖。在常人眼里，孔子是有大学问的人，六艺皆精。而儒家文化是中华传统文化重要的组成部分，博大精深，本篇只重点讲述其中一个小小的层面。

孔子外出巡游各国期间，偶遇大路中间有两个小孩在争吵不休。孔子停下车走到了两个孩子跟前，问道："你们在争论什么呀？"两个孩子没有回答，反而问道："你是谁呀？"孔子说："我就是孔丘。"两个孩子一听高兴极了，说："太好了！你是大学问家，快来帮我们评判一下谁对谁错？"

其中一个孩子抢着说："我们在争论一个问题，太阳是中午离我们近，还是早晨离我们近？我说太阳早晨离我们近，因为早晨的太阳大如斗，中午的太阳仅仅像一个盘子，这不是近的大、远的小吗？"话未说完，另一个孩子就抢着说："不对不对，中午的太阳离我们近。早晨的太阳很凉爽，并不热，而中午的太阳非常热，这不是近的热、远的凉吗？"

孔子听完两个孩子的争论，一时竟不能判断谁说的对、谁说的错。这两个孩子都笑起来，说："谁说你是大学问家啊？这个问题都不能判断对错？"

现代科学的发展让我们认识到，两个孩子说的都不完全对。其实，早晨的太阳、中午的太阳离我们的距离是一样的。但孔子受时代的限制，并不具备这样的知识体系。

早晨的太阳看着比较大，是因为周围有树木、房屋、山丘等参照物而显得比较大，而正午的太阳只有无边的天空作为参照，所以显得小很多；早晨的太阳斜着照射在人们身上，能量传递角度大，穿透云层的距离远，能量衰竭大，所以相对凉爽，而正午的太阳是直射在人们身上，能量几乎垂直传递，穿透云层的距离短，能量衰竭小，所以相对炎热。

至于太阳离人们的距离，早晨与中午几乎是没有差别的，只是人们的视觉和身体感觉造成了早晨和中午的太阳不同的外在表象而已。这是现代科学的解释，数千年前的孔子无法回答是正常的。

两小儿辩日的故事出自《列子》，是战国时期思想家列子的一篇文章。文章描述了大学问家孔子无法辨别两个孩童谁对谁错的情形，体现了孔子对学问的严谨态度。

清平点评：

孔子是儒家思想的开创者，其思想体系深远地影响了一代又一代的中国人。在这里就简单说说其中一个小小的层面：即其最著名的"修齐治平"四个字。

修指修身，齐指齐家，治指治国，平指平天下。所以这四个字变成一句话也叫"修身，齐家，治国，平天下"。修身指修炼自己的品德、能力及各种相关技能；齐家指管理好一个家庭，主要指自己的家庭；治国指治理好一个国家，使得国泰民安；平天下指平定天下，但却并不是以武力的方式达成这样的目的，而是把自己先进的治国理念灌输给全天下的人，以达到天下大同、天下大治的理想状态。

所以说，简简单单的几个字，就透露出无边的豪情与志向。今天我们在这里主要说第一个字——"修"，也即年少时期如何修身？修身的重点在于立志，树立自己远大的志向，同时脚踏实地，向自身周边优秀的人学习、看齐，并在努力实现超越的过程中寻得良师益友，然后彼此之间成为长期的正能量朋友。长此以往，总是能做成些事情的。

如，毛泽东刚刚从乡下韶山冲到长沙读小学一年级时，他虽然年龄比班上所有同学都大，但是他努力向当时班上学习最好的同学学习，学习他们的学习方法和他们读书看报的好习惯。以至于毛泽东后来一直都喜欢读书和看报纸。最终，他以优异的成绩从小学毕业，升入中学、师范，并在学习的过程中结交了很多终生的益友。

"修齐治平"不仅仅是停留于口头的说辞，更是可以指导我们有意义地度过一生的信条。读者可以从以下几个方面展开深度思考：从"修齐治平"的角度出发，同学们长大以后都想做些什么？身边的同学、朋友都具备哪些优秀的品质？你愿意向他们学习、请教这些优秀品质并与他们交流吗？如果你愿意以这样的心态与周围的同学、朋友们相处，不仅能收获真诚的友谊，还能在这些良师益友的帮助下，得到长足的进步。

千里之行，始于足下，持之以恒，自身会受益匪浅。

四、大公无私

大公无私最初说的是春秋时期晋国祁黄羊"外举不避仇，内举不避亲"的故事。故事的出处是《吕氏春秋》。

晋平公和祁黄羊聊天时问他："现在咱们南阳县缺一个总负责人，你看谁适合担此重任？"祁黄羊毫不迟疑地回答说："解狐可以。"晋平公惊讶地问："解狐？他不是你的仇人吗？"祁黄羊回答："大王您问的是谁适合当南阳县令，这个问题和这个人是不是我的仇人没有关系。"晋平公于是派解狐去南阳县上任。解狐上任后把南阳县治理得井井有条，得到朝廷的高度认可和当地百姓的拥戴。

过了一段时间，晋平公又在闲聊时问祁黄羊："现在国家缺少了廷尉（指负责执法方面的官员），你看谁适宜担当此重任？"祁黄羊这次还是毫不犹豫地回答："祁午合适。"平公又惊讶地问："祁午，不就是你的儿子吗？"祁黄羊说："您问的是谁适合做廷尉，这和他是不是我的儿子没有任何关系。"晋平公恍悟，说："对呀。"于是任命了祁午。祁午在廷尉这个位置上也得到了朝廷的极大认可。

孔子听到了这些事，赞叹地说："祁黄羊知人善任，真是好啊。推荐外人不排除仇人，推荐自己人不回避自己的儿子。祁黄羊办事公正，没有私心，完全可以说是大公无私了。"

中国历朝历代都衍生出了许多公而忘私的思想火花，这是中华文明五千年传承的结晶和宝藏。

与孔子并称"孔孟"的孟子就有著名的言论："穷则独善其身，达则兼济天下。"意思是胸怀宽广、志向远大的人，在自己生逢逆境不顺利、不得志的时候，就要管理好自身，注重自己的修身养性；一旦有了机遇改变命运、志得意满的时候，就要努力让天下的老百姓都得到好处。

类似的言论还有唐朝著名诗人杜甫的"安得广厦千万间，大庇天下寒士俱欢颜"；北宋名臣范仲淹的"先天下之忧而忧，后天下之乐而乐"；

清朝虎门销烟名臣林则徐的"苟利国家生死以，岂因祸福避趋之"。

现代意义上的大公无私多指办事从集体利益或者大多数人的利益出发，毫无个人打算。在现代中国达到这个境界的伟人非常多，这里仅举一例，那就是周恩来总理。周恩来总理是中国共产党和中华人民共和国的开创者之一，功勋卓著，居功至伟。但是，周恩来总理逝世的时候，没有亲生子女，没有存款，甚至没有保留骨灰，而是交代别人把自己的骨灰撒入中国的山川、河流。如此大公无私的境界让人折服。

所以说，从上述人物传承、思想继承的意义上讲，大公无私的思想是中华文明传承的宝贵结晶。正是有了这样的思想基础，中国历朝各代英雄辈出，可歌可泣的故事层出不穷。本系列书籍就是把这些英雄事迹、历史故事娓娓道来，为读者逐步展现中华文明传承的脉络。

清平点评：

纵观中国历史，历朝历代长短不一，后人对其褒贬有异，长的朝代不过二三百年，短的朝代也就几十年。但是历朝历代的更迭大多都是通过农民起义来完成的。这里面的根本原因有两个：一是主管社会分配的统治阶级越来越贪婪，竭泽而渔；二是农民历来是中国社会最底层的阶层，他们在社会上几乎没有利益代言人，当他们活不下去时，就会起来反抗，推翻贪婪的统治阶级。如此周而复始。

若想打破数千年来的历史宿命，就必须有一个代表社会最底层利益的代言人来主持社会分配，在进行第一次社会分配时，优先考虑社会最底层人民的利益，然后再对其他社会阶层进行利益分配。如今的中国已经做到了这一点。

这个代言人阶层必须具备一个最基本的特征：大公无私。否则他不会优先考虑满足他人的社会分配，而会优先满足自身的利益诉求，更不要说优先考虑社会最底层人民的分配了。因为从一般意义上来讲，服务于社会最底层的人，其自身得到的回报是非常低的。所以说，中国传统文化中大公无私之思想精髓的传承与发扬无比重要。我们的社会体系、教育体系不能只培养精致的利己主义者，这也正是全世界教育的症结所在，要培养更多的志存高远、情操高洁的人，为社会、国家、全人类作出贡献。所以说教育是个百年树人的行业，功在当代，利在千秋。

东汉以前，中国古代的书是写在一根一根的竹简上，再把这些竹简按照顺序用绳子串起来组成一本书。要把书收藏起来的时候，就把这些串起来的竹简卷起来，放在书架上；要读书的时候，就把成卷的竹简摊开，书读完了再把它卷起来存放。所以古代时，一本书就是一卷竹简。

开卷有益中开卷的意思就是打开竹简的卷，喻指读书。开卷有益就是说读书是大有益处的。著名的故事有三国时期吕蒙的"手不释卷"。吕蒙是三国时期吴国著名的军事将领，原来只爱行军打仗，冲锋陷阵，不重视读书，也不爱读书。

吴主孙权发现吕蒙不爱读书后，经常给他看一些名家兵法，并与他探讨："作战勇敢是在战场上取胜的重要因素，但是作为领兵的人，熟知兵法理论更重要啊！如果用兵得当，不仅自身损失大大降低，消灭敌人也省时省力啊。"吕蒙意识到这是君主对自己的点拨与栽培，非常感动，立即叩头谢恩说："吕蒙何德何能，得我主如此厚爱。"

吕蒙从此发奋读书，古语云"士别三日，当刮目相看"，已非"吴下阿蒙"了，这些描述都是指吕蒙酷爱读书、手不释卷后的改变。

吕蒙酷爱读书后像变了一个人，行军打仗更加擅用奇谋，而非像原来那样只注重作战勇猛。夺取荆州时的奇袭计谋——白衣渡江，就是吕蒙的奇谋。读书给吕蒙带来了很大的变化，他也因军功获得更大的赏赐和提升。

在古代，书一直是非常珍贵且稀缺的东西。对一个普通家庭而言，书甚至有点像奢侈品。但是读书一直是中国历朝历代人们改变命运的上升通道，所以才有"朝为田舍郎，暮登天子堂"的说法。在安徽桐城一直有"富不丢猪，穷不丢书"的传统，这就是"桐城派"自清朝兴盛至今的文化传承。

即使到了现代社会，书也是非常重要的文化传承载体，普通人要读书识字也是非常不容易的。民国时期，中国人的文盲率和半文盲率一度高达70%以上。中华人民共和国成立后，政府在全国范围内推广扫盲运动，让几乎所有人都有机会读书识字。这一举措使旧社会70%以上的老百姓是文盲的现象得到根本改变，使得现在中国每年毕业的大学生数量比某些国家的总人口数量还要多，从而激发了整个民族的聪明与智慧，让中华民族有了空前的发展机遇，这是科技腾飞的人才保障。

但是，近十几年来互联网社会的到来，尤其是智能手机普及以来，全中国至少有六七亿活跃的移动互联网的参与者。中国迎来了信息爆炸的新时代。以前的书是纸质的，大家获取起来还不是很方便。移动互联网的时代则完全不同，信息获取变得很容易，于是，信息的遴选与取舍就变得非常重要了。

所以说，移动互联网的时代，开卷就不一定有益了。因为信息太多、太繁杂，正能量的信息要通过取舍才能获得。而这一取舍是很多在学校里的孩子们无法完成的任务，因为他们年龄还小，不具备判断、取舍的价值观。这需要家长、学校甚至社会的帮助。

清平点评：

在互联网时代里，数千年来形成的规律——开卷有益竟然发生了根本的变化。开卷变得不一定有益了，那该怎么办？所以，本系列书籍就是希望在家长的全程陪同下培养孩子的观察力，训练孩子对事物本质的洞察力，以增强孩子对互联网上的信息的辨识能力。同时，在此过程中让孩子与家长、同学之间展开良好的互动，促进孩子的健康成长，也增强了家长与孩子间的情感纽带。

孩子如果过度沉溺于互联网，不仅视力会受到极大的伤害，身心健康也会因互联网上的不良信息受到恶劣影响，要引起重视。并且这些伤害对孩子的影响可能是终生的。

孩子在成长的过程中偶尔走偏、稍稍有点问题，家长就要立刻纠正，否则就容易养成大问题，再矫正时就变得事倍功半，相对艰难得多。所以说，孩子的成长需要长辈们的多方位共同监护，把问题解决在萌芽阶段。也就是说，家长要善于观察孩子的一言一行，善于提前发现细微问题。对孩子的教育是个系统工程，需要学校、家长、社会三方面的共同努力。培养孩子爱读书、成绩好是一个方面，培养孩子的精气神、让孩子全面成才更是值得家长关注的更重要的层面。

更多内容可以搜索并关注笔者个人的微信服务号：身家帼天下*。这个读者服务号主要用于收集读者阅读后反馈自己的理解与点评，可能无法做到逐一回复，希望读者能体谅。

---

* 此公众号一切法律责任由作者个人承担。

六、伯乐相马

传说中，在天庭里管理天马和神马的神叫伯乐。延伸到人间，人们把精于鉴别马匹优劣的人也称为伯乐。众所周知，在《西游记》里孙悟空也当过几天弼马温，但他一发现自己上当受骗后立刻就不干了，所以只能算是临时客串了几天而已，作不得数。

第一个被称为伯乐的人本名孙阳，他是春秋时期的人。他对马的研究不仅非常深入，也非常出色，以至于人们都逐渐忘记了他本来的名字，后来干脆直接称呼他为伯乐。

有一次，楚王委托伯乐说："我想得到一匹千里马，给你六个月的期限，你去帮我找来。"伯乐一口应允："大王的要求草民一定尽全力达成。"于是，伯乐来到了与草原游牧民族接壤的燕赵一带。但他寻找了许久，也没有找到中意的马。眼看楚王规定的期限临近，尽管伯乐非常失望，但他还是启程返回楚国。路上伯乐一直犯愁，不知道如何给楚王复命。

在返回楚国的途中，经过齐国时，伯乐偶然看到一匹马拉着满满一车货物走得气喘吁吁，赶车人还不时用鞭子使劲地抽打它，嫌弃它走得太慢。伯乐出于自身习惯和爱好，仔细地审视着这匹马，观察了好一会儿，结果他大吃一惊，这是一匹难得的千里马啊。而这匹马见到伯乐，似乎也心有灵犀，高兴得扬起前蹄并长声嘶鸣。凭它高亢洪亮的鸣叫声，伯乐更加断定这是一匹难得的千里良驹。

于是，伯乐对赶车人说："你这匹马卖不卖？能否卖给我？"赶车人说："这匹马这么瘦，吃的却很多，拉车还没什么力气，你为什么要买它？"伯乐说："如果你愿意卖的话，就请卖给我。"赶车人心里想："卖给你后，我就可以换一匹更壮实的马。"于是两人商量好了价格，伯乐买下了这匹马。

买下马后，伯乐赶回楚国给楚王复命："托大王的洪福，千里马给您请回来啦。"楚王大喜，说："快带我去看看。"伯乐说："千里马已经在大王的养马场了。"于是，楚王迫不及待地跟伯乐一起赶到养马场。楚王看到那匹马后，有些疑问：真的是这匹马？确定没有搞错？这匹马这么瘦，能是千里良驹吗？伯乐见楚王对这匹马不是非常满意，就解释说："这匹马一直在给人拉货，赶车人也喂养得非常不精心，所以现状看起来非常差。但是只要精心喂养，不出半个月，一定能恢复雄威。"

果然，这匹马在楚王的养马场被精心饲养半个月后，楚王再见到它时，它膘肥体壮、浑身发亮，神采大大不同以往。千里马见到楚王后引颈长嘶，声音洪亮如大钟石磬，直上云霄。楚王喜出望外，立刻跨马扬鞭，只觉得两耳生风，一顿饭的工夫，已跑出百里之外。此时，楚王再看身边的护卫，他们座下的马匹一个个汗流浃背、疲惫不堪，而自己的千里马依然毫无疲倦的样子。楚王赞叹："伯乐果然是个神一样的存在啊。"

后来，楚王驰骋沙场，千里马一直跟随楚王东征西讨，立下战功无数。通过这件事，楚王对伯乐也更加器重。

清平点评：

伯乐相马后来引申为对人才的识别与推荐。在人才发挥其重要作用，实现自身价值的整个过程里，是作为千里马的人才本身更重要？还是识别人才的伯乐更重要？也就是说，如果通过任命某个人完成了一件功勋卓著的事情，执行人更重要，还是任命人或者推荐人更重要？

伯乐与千里马是相互成就的，二者缺一不可，但伯乐的重要性要大于千里马。千里马一定是勤奋好学，为自己热爱的事业付出努力的人。他们在伯乐到来之前，早已胸中韬略万千，做好了把握每一个机会的准备。伯乐是千里马人生中的机遇，也是懂得千里马的导师。千里马再出色，也要遇到伯乐才能施展才华。

比如，萧何向刘邦推荐了韩信，萧何是伯乐，韩信是千里马，刘邦是任命人，他知人善任也算半个伯乐，这三个人是相互成就的关系。众所周知，韩信也曾经在项羽的队伍里做过事情，但是项羽就没有发现韩信的才能。再如，百里奚、商鞅、张仪、范雎在他们原来所在的国家都不被重视，甚至有的还遭到不公平的对待，但是他们到了秦国后，都被秦国的国君委以重任，为秦国立下不世之功。特别是商鞅，当秦国求贤令发出时，如果商鞅不是赶上了这个历史机遇，秦孝公有可能会遇到其他的懂治理国家的高人，商鞅则有可能被埋没了。

在现代社会这个人才辈出的时代，随着历史的发展，伯乐的重要性越来越大。从古至今，读书都是一件非常重要的事情，以前中国的文盲率奇高，所以当时有人以代写书信为职业。现在还有那么多人需要代写书信吗？所以说，在知识爆炸、人才辈出的新时代，知人善任也是一种特殊的才能，而且显得更加重要了。

七、张骞出塞

汉武帝为了与匈奴进行长期的战争对决，决心联络匈奴的宿敌大月氏，分别从东西两个方向对匈奴进行夹击。于是，汉武帝派出汉使张骞率领一百多人的出使团队，跨越匈奴的国境去寻找大月氏。却未曾想，张骞出塞这一趟，竟然十多年后才回来。

　　张骞的出使路线必须经过匈奴境内，结果使团在匈奴境内被扣押，匈奴人为了劝其投降，甚至给张骞娶了一位匈奴妻子，还生了孩子。失去了自由的张骞始终不忘寻找大月氏。历经千辛万苦，多年后他趁匈奴内乱离开，找到了大月氏部落。但大月氏的部落此时已经占据了更加富饶的定居地，他们的首领和部落贵族们都已经过上了安逸的生活，他们中大多数人都不想回去找匈奴人复仇了。

　　张骞在大月氏待了一年多后，发现自己无法动摇他们部落首领和上层贵族们的意向，于是决心返回汉朝向汉武帝复命。归汉途中，张骞一行又被匈奴人抓住。他趁匈奴的看守不备逃脱，又经过一番波折才回到汉朝。当初一百多人的队伍中，只有一人跟随他走完全程。张骞接受出使任务时还是个毛头小伙子，返回朝廷向汉武帝回复使命的时候，他已经是一个历经沧桑的中年人了。

　　张骞把自己十多年来在西域之地看到的风土人情、各国的经济状况、人口数量等大量的第一手信息详细汇报给了汉武帝。让汉武帝知道了西域的广阔富饶，同时还了解到：除了河西走廊可以通往西域以外，在长安的西南方向（指现在的四川、云南），应该还有一条路也可以通往西域。因为当时的西域各国已经和这些地区的人们有物资贸易等往来。

　　汉武帝是个雄才大略的皇帝，当他得知了这样的信息后，他命令卫青、霍去病等著名将领攻下河西走廊并控制这些地方，同时，也开始着手经略（指筹划治理）西南、岭南地区。为了保障河西走廊贸易通道畅通及往来通商人员的安全，汉朝后来设置了西域都护府，维护西域地方社会秩序达百年之久。

在汉朝有效控制西域的时期，东方的丝绸等物资被源源不断地运到西域，再卖到西方世界。河西走廊成为了当时世界上最重要的一条商路，历史上著名的丝绸之路初见雏形。再经由隋朝、唐朝的发扬光大，丝绸之路被永载史册，为东西方物质、文明的交流作出了巨大的贡献。

而这一切的基础，都始于汉武帝的一次"有心栽花花不开，无心插柳柳成荫"的出使安排。使者张骞虽经历数次生死危难，始终忠诚于自己的使命。哪怕十多年过去了，即使没有完成皇帝赋予的初始任务，也要有始有终，忠于职守。这种忠诚勇敢的精神实在让人敬佩。张骞出塞功勋卓著，汉武帝因此封其为博望侯。从此，博望侯的故事在西域一带广为流传，汉朝在这一区域的外交形势也迎来了巨大的改观。博望侯的威名远扬西域各国达百年之久。

清平点评：

张骞出塞无疑为汉武帝的开疆拓土提供了大量的原始资料和数据，没有这些，汉武帝是不会把眼光放到距离中原王朝千里以外的西域地带的。当然，汉武帝对经略西南甚至岭南早就有想法，但是对西域的经营与图谋却始于张骞，并因此才有了后来打通河西走廊的战役。

张骞出塞从其长远的历史意义而言也是居功至伟的，没有张骞就没有后来的陆上丝绸之路。可以说，陆上丝绸之路改变了东方世界，也改变了西方世界，张骞是陆上丝绸之路不可或缺的奠基人之一。

西汉有坚忍不拔的张骞，东汉有投笔从戎的班超，都是西域外交领域的风云人物。班超的名言是"不入虎穴，焉得虎子"。他带领一个三十多人的外交小分队就纵横西域多年。这一点颇似现代意义上的特种部队,不过是肩负外交任务的特种分队。

　　正是由于汉朝有卫青、霍去病、耿恭这样杰出的忠勇将领,还有张骞、苏武、班超这样的文臣楷模,才构成了波澜壮阔的汉史。如此,中华大地上的主体民族得名汉族。经过几千年的发展,目前,中华民族已经是一个多民族融合的大家族,而且正处在民族腾飞的前夜,各民族应当精诚团结,自立自强,忠于职守,不忘使命。

八、司马迁忍辱创《史记》

《史记》是西汉史学家司马迁创作的一部史学巨著，记载了从三皇五帝至汉武帝时期约三千年的历史，全书共五十二万多字。《史记》是中国历史上第一部纪传体通史，被列为"二十四史"之首，对后世史学和文学的发展都产生了深远的影响。

然而就在《史记》即将成书，司马迁和他的父亲司马谈两代史官的心血即将完成前不久，司马迁遭遇到人生中最大的一件耻辱性事件。他为投降匈奴的李陵申辩，因此触怒了年事已高、听不进不同意见的汉武帝而被投入监狱，最后竟被牵连到被判死刑的地步。

在司马谈、司马迁父子当史官的年代，史官们比较坚持记录真实的历史，而不会过度粉饰当朝政权。或许正是这种过于理想化的执着，使得司马迁有意无意地并不主动地迎合汉武帝的某些想法。这一点与当时朝廷上的主流氛围可谓格格不入。

李陵是汉初名将李广的孙子。汉武帝做了几十年的皇帝后，汉朝军力大大增强，许多没有太大军事才能的人就根据汉武帝的喜好，带兵去东征西讨，以图建功立业、封侯拜将。李广利就是其中比较典型的代表。

李广利是汉武帝一生中最宠爱的妃子李夫人的哥哥，当时授命带领汉军精锐部队西征大宛。汉武帝命令李陵作为后勤供应保障部队支援李广利。李陵主动请缨，要求自己所带的五千步兵作为偏师（协助主力部队作战的部队）从军事上策应李广利。汉武帝的回答是："我没有多余的战马配备给你了，只能让你带着五千步兵与匈奴作战了。"

李陵所带的步兵作战骁勇，遭遇匈奴王的三万骑兵后，仍取得一场大胜。匈奴王于是调取其他两个王的五万骑兵合兵一处，共同围攻李陵。李陵且战且走，然而步兵的机动性相对于骑兵而言确实太差了，他始终无法摆脱匈奴骑兵的围困。匈奴王虽然穷追不舍，但也怕李陵的这支部队是在引诱匈奴主力进入汉军的伏击圈，一度想要放弃追赶。

此时，李陵队伍里一位叛逃的军校泄露了重要的军事情报，匈奴王从此人口中得知李陵的部队没有援兵，剩下的箭支也不多了，他这才下定决心指挥主力骑兵部队对李陵的部队放手发起进攻。最终，李陵的部队在射杀了大约一万匈奴兵后陷入绝境，箭支全部用光了，李陵被俘。他带领的部队仅寥寥数十人得以返回汉朝。

汉武帝认为李陵被俘是奇耻大辱，一改几天前对李陵的步兵取得的战场奇迹大加赞赏的态度。群臣纷纷附和武帝，指责李陵。只有司马迁指出，李陵的部队几乎全军覆没，李广利应该负有救援不力的责任，不能全怪李陵。汉武帝大怒，把司马迁投入牢狱。最后，司马迁竟然被判死罪。

汉武帝时期，要免除死刑只有用钱赎罪和接受宫刑两个办法。司马迁没有那么多钱，只能接受宫刑。而接受这样的刑罚，在当时封建士大夫的价值观体系中，是属于辱没祖先的奇耻大辱。以至于司马迁每每想到这件事情，浑身冷汗都会把衣襟打湿。

但就在这样的思想压力之下，司马迁仍旧坚持完成了《史记》这部史学巨著。他把正本送给汉武帝阅读，把副本留在家里。汉武帝读后，把司马迁写自己的《武帝本纪》留下，对司马迁说："你的这部书，可以作为历史上的一家之言而让后世评判啊。"

清平点评：

司马迁在《史记》中对与汉高祖刘邦争夺天下的失败者项羽表示了一定意义上的同情，所以在西汉、东汉期间，官方都没有把《史记》列为正史。汉朝时期的正史为《汉书》和《后汉书》。但《史记》确实被作为"一家之言"而流传于后世了。后世中很多文学作品都有意无意地对弱者、失败者表示一定的同情,或许这种文学创作习惯便源于司马迁的《史记》。《史记》、《汉书》、《后汉书》、《三国志》被统称为前四史,对我们研究汉朝以前的历史具有非凡的意义。

由于年代的局限,《史记》写到汉武帝就结束了。这时候距离秦始皇统一六国才过去了不过一百多年,司马迁无法全面认识到中国历史上的首次大一统对整个中华民族发展的重大意义。所以,司马迁对秦始皇的认识和评价是有一定的历史局限性的,这是因为二者在时间跨度上相距太近,反而看不全面、看不清楚。或许这也无形中影响了后世史学对秦始皇的评价,对他的过度使用民力、坑杀儒生等行为批评很多,而对他所建立的历史功勋认识不足。

司马迁作为一名史官,秉笔直书,不阿谀奉承,为完成史学著作忍辱负重。因此,汉朝以后的历朝历代对《史记》的价值都给予了更加充分的认可。这不仅仅是因为司马迁著史的公正性,不过度粉饰当朝的皇室,更是因为史记的文学性与可读性。所以,《史记》被鲁迅先生誉为"史家之绝唱,无韵之离骚",列为前四史之首,与司马光的《资治通鉴》并称为"史学双璧"。司马迁也与司马光并称"史界两司马"。

九、苏武牧羊

苏武是西汉大臣，被汉武帝列为麒麟十一功臣之一。汉武帝时期，汉朝不断攻打匈奴，双方派出的使节经常带有侦察对方虚实的意图。于是，匈奴扣留了汉朝十几批前来出使的使节，汉朝也不甘示弱，也扣留了匈奴的使节。新匈奴王继位后，意图缓和与汉朝的关系，于是，他归还了以前扣留的汉使。汉武帝接受了匈奴王的善意，派苏武持节出使匈奴，送还被扣留的匈奴使节。

苏武作为出使正使到达匈奴后不久，赶上了匈奴内部发生叛乱。在苏武毫不知情的情况下，他的属下副使竟然参与了匈奴某个王发起的叛乱，导致叛乱失败后苏武被牵扯其中，并被匈奴扣留。

汉朝副使直接涉及谋反案，消灭了叛乱的匈奴王自然而然地认为：谋反一事说不准就是汉朝主动策划的一次阴谋。于是，他对正使苏武也非常不客气。但慑于汉朝的军威，他一直不敢杀苏武。因为，周边几个国家凡曾经对汉使不敬的，汉军都对这几个国家实施了灭国行为。于是，他决定诱降苏武，因为这样一来，对汉朝的打击更大，还不会被汉朝报复。

哪知苏武坚贞不屈，决不投降。诱降苏武不成，匈奴王就把苏武关在一个大地窖内，不给他提供水和食物。下雪天，苏武就用雪就着皮衣内面上的毛一起吞下，挺过了几天居然没有死，这让匈奴人以为他是神人。最后，匈奴王只好把苏武一个人远远地流放到北海（今贝加尔湖）边，给了他一些公羊让他牧养，并扬言说："只有公羊生子才能放他回国"。这就是苏武牧羊这一典故的由来。

苏武到了北海边后，匈奴王并没有定期给他供应粮食，苏武只能学习各种方式获得食物，甚至挖掘松鼠储藏的果实吃。过了几年，苏武竟学会了编网打鱼等生活技能。尽管生存条件如此艰苦，苏武始终不忘自己汉朝使节的身份，他常年将出使时携带的汉节带在身上，牧羊、起居时都拿着,时间一长,汉节上的毛全都脱落了。

苏武在汉朝做官时,曾经与李陵同朝为官。当时李陵在投降匈奴后,已经是他的右校王,于是,匈奴王派李陵去劝降苏武。李陵见到苏武说:"你已经十几年生死未卜,家中妻子早已改嫁。"还把他家里其他不幸的消息转告苏武,希望他不要再徒劳坚持了,坚持只是在浪费时间。苏武回答:"皇帝(汉武帝)待我家恩重如山,我即使死了也不会忘记皇恩。请你就把我当成一个死人吧。"李陵听了,十分羞愧,泪流满面,告别苏武离去。

后来,李陵又一次来北海边见苏武,并转告他:"汉朝皇帝驾崩了。你坚持了这么多年,也算是对皇帝尽忠了。这个时候归降吧,让自己有一个像样的生活,至少可以有个家啊。"苏武听到这个消息,并没有回答李陵,只是向着南方大声哭泣,拜祭皇帝,伤心之至甚至吐血。他每天早晚向着南方各哭祭一次,一连坚持数月。

汉武帝去世后,汉匈关系再次走向缓和,双方又开始互派使节。但此时,匈奴王心怀鬼胎,他劝降苏武不成,始终对此事耿耿于怀,就想让苏武老死在匈奴,然后对汉朝谎称他死前已经投降了。苏武如果已经死了,就无法证明自己是否曾经投降过。于是,匈奴对汉朝谎称苏武已死。

这一次,又一位汉使到了匈奴,当初跟随苏武一同出使匈奴的人暗中告诉他:"苏武并没有死,其实他一直在北海边牧羊。要想让匈奴王放苏武回汉,直接说苏武在北海边的话,匈奴王可能会不承认,反而容易把事情办坏了。需要对匈奴王这么说:'汉朝天子在上林苑中射猎,射下一支大雁,脚上系着一个布条,布条上有苏武的亲笔信,说自己在北海边牧羊。'这样苏武返回汉朝的可能性就非常大了。"

汉使听说了此事,又惊又喜,按照上面的话去问匈奴王。匈奴王听说此事非常震惊,认为苏武的事迹感动了上天,已经无法隐瞒,只好承认苏武还活着,答应放他回去。

当初跟随苏武一起出使的使节愿意回汉朝的共有九人。苏武牧羊十九年后持节归汉,比张骞出使十三年时间还长,他的故事一时传为佳话。

清平点评:

苏武在北海边的极寒之地生活,如此历尽艰辛,前前后后共滞留匈奴十九年,面对无数次的诱降,他始终持节不屈。人的一生有几个十九年啊?而且这十九年还是一个成年男性的黄金岁月。

张骞出塞、苏武牧羊、霍去病封狼居胥、耿恭守西域、十三勇士归玉门等一系列忠诚勇敢的壮士故事构成了波澜壮阔的汉史。他们都是中华民族的脊梁。

鲁迅先生曾有一段话,原话如此:"我们自古以来,就有埋头苦干的人,有拼命硬干的人,有为民请命的人,有舍身求法的人……虽是等于为帝王将相作家谱的所谓'正史',也往往掩不住他们的光耀,这就是中国的脊梁。"

正是因为中国历史上英雄辈出,代代相传,才有了丰富多彩、光辉灿烂的五千年文明史。

十、杯弓蛇影

晋朝有个人叫乐广，在河南做官。他有位朋友经常到他家里串门、聊天。可是不知为何，最近一两个月乐广都不见朋友过来，并且朋友也没有派人捎信或者带话过来说明一下情况。他有点放心不下，于是专程去朋友家里探望。

乐广到了朋友家一看，发现朋友病了，而且已经病了好久都不见好转。乐广见朋友面色非常不好，很是着急，就问道："你的身体出了什么状况啊？郎中怎么说？大概是什么原因引起的？"朋友支支吾吾，不太愿意说出其中的原因。乐广一再坚持："有什么你就说嘛。"朋友这才说："最近那次去你家喝酒聊天的时候，我正要低头喝酒，忽然发现酒杯里有一条小蛇。当时咱们酒兴正酣，我也不好推辞不喝，于是嘴张开特别小，准备把小蛇滤掉，硬着头皮把酒喝下了。结果我喝完酒放下酒杯后，竟然发现杯中的小蛇不见了。小蛇难道被我喝下去了？刚才明明看见杯中有条小蛇的？当天我回到家就感到浑身上下不舒服，随后就病了。看病抓药折腾了很久也不见好，最近竟然还病情加重了，快要卧床不起了。"乐广听说此事，非常奇怪地说："这简直闻所未闻，我家中从来就没有发现什么蛇啊。"

乐广回到家以后，百思不得其解。于是，他来到上次朋友喝酒的桌子前面，一会儿坐下，一会儿又站起来，但始终无法弄明白小蛇从何而来。几乎想破了脑袋，也不知道小蛇到底是怎么回事。

乐广不经意间一抬头，发现桌子旁边的墙上挂着一张弓，他心中一动。于是，他在朋友原来坐着的大概位置前放了一杯酒，围着酒杯观察了一圈，终于在某个特定方向往杯子里看时，发现那张弓的影子出现在了酒杯里。果不其然，那影子特别像一条小蛇。他端起酒杯，喝掉杯中酒后，酒杯中那张弓的倒影自然也就没有了，当然"小蛇"也就不见了。在终于弄明白这个事情以后，乐广心里非常高兴。

于是，乐广再次到朋友家登门拜访，盛情邀请朋友务必再来家中叙旧、聊天。朋友推脱不过，病恹恹地跟着来了。乐广让他在大致相同的位置坐下，放好酒杯，倒满了酒。此时，乐广请朋友从那个特定的方向往酒杯中看，杯中又若隐若现出现一条"小蛇"，朋友非常吃惊。

乐广哈哈大笑，让人把旁边墙上挂着的弓取走，再请朋友往酒杯中看，结果那条"小蛇"就不见了。朋友茅塞顿开，如释重负，也哈哈大笑起来，他立刻觉得身体好转许多，在乐广家畅聊许久，喝的酒比平时还多，最后竟然坚持着自己走回家了，身体再也没有出现不舒服的感觉。

清平点评：

杯弓蛇影比喻自己吓唬、惊扰自己，疑神疑鬼，其实很多事情根本就不存在。从这个故事中，我们可以得到以下几点启示。

首先，朋友之间的交往要坦诚，很多疑惑藏在心里容易给自己带来疾病，或者叫心病。故事中，如果不是乐广坚持要求他的朋友把实情说出来，这个误会或许永远都不能化解。朋友的病情可能会更加严重。

其次，通过坦诚的沟通发现了问题以后，要实地考察以弄明白问题的真相。乐广就是在了解到朋友遇到的表面看起来非常奇怪的问题后，并没有质疑朋友的判断力，而是在实地发挥各种发散性思维，积极主动地去了解问题的真相，才发现原来杯中的"小蛇"是墙上的弓的倒影。把弓拿走了，"小蛇"就不存在了。相互信任是朋友交往的基本准则，如果乐广对朋友的说法嗤之以鼻，并且从此不再与之来往，不仅朋友的病好不了，他也会失去一位挚友。

最后，在了解问题真相的基础上，要想办法切实解决问题。乐广把朋友请回家里，让他也了解事情的真相，去掉朋友的心病。于是，两位好友都如释重负，重新正常交往，快乐如昔。

十一、父子宰相：范仲淹、范纯仁

范仲淹是北宋名臣，一生政绩卓著，文学成就突出。他倡导的"先天下之忧而忧，后天下之乐而乐"的思想和仁人志士节操，对后世影响极为深远。

在范仲淹两岁的时候，他的父亲就去世了，母亲为了把他养大不得已改嫁。二十岁时，范仲淹得知自己的身世后，他辞别母亲，外出求学。

他的求学经历异常艰苦，每天的餐食都是煮两升米粥，冷却凝固后切成四块，早晚各吃两块。咸菜切碎，加半杯醋、少许盐，烧热当菜。就这样生活了三年多，虽然清贫艰苦，但他心存大志，学习勤奋。

他有位同学出身官宦之家，这位同学把范仲淹的刻苦、艰辛告诉了家里。同学的父亲就希望能同时准备两份餐食，一份给自己的孩子，一份给范仲淹。但是范仲淹婉言谢绝了，并说："我每日吃粥已经习惯了，一开始吃好的，就会以吃粥为苦，以后就吃不了粥了。"范仲淹深知"由俭入奢易，由奢入俭难"这一道理，所以不接受同学家的馈赠。但是他真诚地感谢了这位同学一家。

经过五年苦读，范仲淹于二十六岁这一年考中了进士，步入了仕途。在做基层官吏期间，范仲淹始终以改善治下百姓生活为己任，这期间他做的最著名的一件事情，就是修缮了全长一百五十公里的泰州海堤，使得流亡在外的很多灾民陆续返回了家园。范仲淹的这种为民请命、为民谋福的执政理念，深得泰州人民的好评。

范仲淹一生最大的政治贡献在于经略西部边境。当时宋朝与西夏关系紧张，范仲淹被调往陕西负责军务。范仲淹提出的屯田、打持久战以进行积极防御的正确的对敌战略被朝廷采纳，西夏一直不敢轻易侵犯他所统辖的地域，甚至不久之后向北宋称臣。由于御边有功，范仲淹在五十五岁时被提升为参知政事（相当于副宰相）。于是，范仲淹开始着手改革朝政，准备大展宏图，实施自己的政治理想，这段改革史称"庆历新政"。

但是，新政触动了官僚阶层的自身利益，为当时的官场所不容。所以，新政仅仅实行了十个月就以失败而告终。范仲淹也因此而被罢免，被贬至地方任职。尽管仕途不顺，但在此期间，他仍然为官清廉，尽职尽责，千古名篇《岳阳楼记》就是在此时写成的。

受父亲的影响，范仲淹的次子范纯仁也大有其父之风。有一次，范仲淹让范纯仁去苏州老家运一船麦子，那时候范纯仁还很年轻。范纯仁和麦船一起返回时，在一个地方遇到了家族里的老熟人。范纯仁问他为什么滞留在此，他回答说："我的至亲去世，灵柩运到此地钱全花光了，无法回家。"范纯仁听了，自作主张地将麦子和船都送给了他，当做他回乡的费用和工具。

告别族人，范纯仁空手回到家，他心情沉重，不知如何和父亲交代。范仲淹本就是苏州人，见到儿子问："这次回乡办事都遇到哪些老朋友了？"范纯仁回答说："我遇到了滞留在途中的老朋友，他一无盘缠，二无工具，无法运送亲人的灵柩回乡。"刚刚说到此处，范仲淹就打断儿子说："你为什么不把麦子和船送给他呢？"范纯仁瞬间感到一身轻松，回答道："我已经送给他了。"

受父亲的影响，范纯仁后来也在北宋朝廷做官，最后官至宰相。他的处世哲学是"惟俭可以助廉，惟恕可以成德"，被后世称为"布衣宰相"。真是有其父必有其子啊！

清平点评：

"先天下之忧而忧，后天下之乐而乐"出自范仲淹的千古名篇《岳阳楼记》。这句话最表面的意思是：应当在天下人忧愁之前先忧愁，在天下人都享乐之后才享乐。这句话把国家、民族的利益摆在首位，为国家的前途和命运担忧，为天底下的人民生活幸福考虑，闪耀着理想的光辉，跳动着民族的脉搏，表现出作者远大的政治抱负，最难能可贵的是，这句话还孕育着共产主义思想的幼芽。

范仲淹一生为民，治国有韬略，教子有方法，他的思想被儿子范纯仁继承，范纯仁也一生爱国爱民，廉洁勤俭，民间称其为"布衣宰相"。范仲淹一生都在践行"先天下之忧而忧，后天下之乐而乐"这句话，通过言传身教，他的作风在儿子的身上得到了传扬，形成了优良的家风。这就是中华文明数千年来得以传承永续的根本所在。

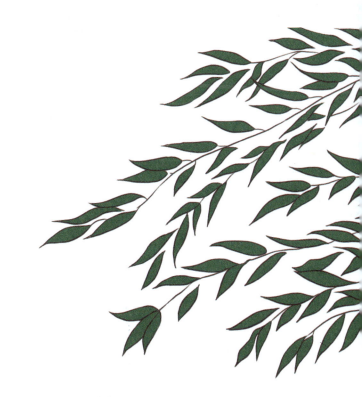

包拯是北宋名臣，今安徽合肥人。包拯为人廉洁公正，不附权贵，铁面无私，英明决断，敢于替平常百姓申不平，民间传说他是个黑脸形象，故有"包青天"之名。包拯之名，成为清廉的象征，是中国历史上杰出的清官代表。

包拯出任端州（今广东肇庆）知府时，当时端州特产的端砚是宋朝士大夫阶层最珍爱、最流行的雅器，当地每年都要向朝廷进贡一定数量的砚台，因此端砚又被称为贡砚。许多端州地方官都在贡砚规定进贡的数量上层层加码，甚至额外加征几十倍数量以用来打点各种关系，这严重加重了当地百姓的负担。

包拯一上任就高调破除了这个运行多年的潜规则，下令只能按规定数量生产端砚，违者重罚。他自己作为"一把手"，绝不要一块端砚。此举在当地掀起轩然大波，百姓无不拍手称赞。三年后包拯离任，果然未带走一块端砚。当地百姓感谢包拯执掌端州事务的清明作风，临行前送给包拯一方精美的端砚，包拯坚辞不受。"包拯掷砚"的故事就是以这样的蓝本创作的。1973年，合肥市的文物部门清理包拯墓时，在包拯及其子孙的墓中仅发现一方普通砚台，并无端砚，足见历史记载属实。

除了为官清廉，包拯尤为百姓称道的是其断案执法时的明敏正直。包拯在某地任知县时，曾遇到一件棘手的案子。一家农户状告有人割去他家耕牛的舌头，请求捉拿罪犯。包拯分析说："割牛舌并非是图财，故此案一定属于冤家的报复。"

于是，包拯命令报案农户把牛宰了卖肉以引罪犯上钩。由于中国是传统的农耕社会，在许多朝代宰杀耕牛都是犯法的，北宋也不例外。果然不出所料，割牛舌者见农户杀牛，立刻跑去县衙告状，想把农户投入监狱。结果他却自投罗网。

包拯去世后，民间对他的作为大加演绎，塑造出很多脍炙人口的艺术形象，并编成故事和评书，在民间广为流传，如包青天、御猫展昭、智囊公孙策、锦毛鼠白玉堂、秦香莲等。另外还创造了很多曲折的故事，以描绘、衬托包拯超乎寻常的办案能力，如"狸猫换太子"等。

包拯生前曾手书家训，并嘱咐家人将家训刻在石头上，竖立在家中，以警示自己的子孙后辈。家训原文共三十七个字，大意为：子孙后代中有做官的，如果犯有贪污而被撤职，不允许回老家；死了以后也不允许安葬祖坟；不遵循我的教导的，就不是我的子孙后代。其核心思想是：子孙入仕不得贪图功名利禄。包拯的浩然正气跃然纸上。

清平点评：

包拯在世为官时，深受百姓的爱戴，去世后，民间出于对他的爱戴，根据他的性格和处世方式，对他生平中的各种经历都做了大量的演绎。甚至于后来对少年时代的包拯也做了类似的演绎，凸显其年纪轻轻就展露出的断案才华。

由于民间广泛传颂包拯的事迹，并加以理想化和艺术化，所以包拯在他去世之后更加享有盛誉。虽然真正记入史册的包拯故事并不太多，但在后世的民间，包拯被塑造成半人半神，可以上天入地的正义形象，既体现了百姓们对清明政治的渴望和期待，也是百姓对黑暗现实不满的一种心理抒发。尽管是虚构，但是体现了民间对包拯的喜爱，同时也表达了民间的某些情感寄托。这就是笔者曾经在本书中提及的"正向演绎"。

这类演绎都有两个鲜明的特点：一是遵循包拯原有的各种为人处世特征，忠于历史事实；二是在无法进行历史考证的具体细节上，对包拯的形象进行美化，拔高人们对他的评价。第一个特点体现了民间百姓对包拯的敬重与爱戴，第二个特点体现了民间百姓对包拯的喜欢。

　　有"正向演绎"就有"反向演绎"。在此举一个例子来简单说明。《三国演义》是脍炙人口的四大名著之一，是明朝著名的历史小说。书中对于刘备阵营的各种描述，就属于正向演绎；而对曹操阵营的描述，就略显反向演绎。具体体现在书中把曹操说成是汉贼，把他塑造成了一个奸臣形象。然而，曹操在军阀混战的汉末统一了北方，在历史上是有其积极意义的。

　　所以说，反向演绎要么歪曲历史，不忠于历史事实；要么添加对演绎对象不利的各种无法考证的细节，来贬低对其的评价，以体现民间对这个形象的厌恶。《三国演义》对曹操的反向演绎就属于后者，但是这个反向演绎只是略微苛刻，也遵循后来士大夫所推崇的忠君思想，在民间也能够被接受。

　　笔者在本系列书籍中会多次提及正向演绎和反向演绎，在之前的篇章中提到过，在后续的篇章中也会结合更多历史人物更进一步地说明，意在提醒读者，读书需明辨，对待各种演绎能够分析原委，正确对待。

司马光生活在北宋时期，那时候的人们在家里预防火灾的基本设施，就是在家中院子里摆放几口大缸，并在里面装满水。万一家里走火，可以就近取水灭火，最大限度地减少损失。这一生活习俗在中国古代沿袭良久，千百年来一直如此，北京故宫里就有多口大缸。

　　当司马光还是小孩子的时候，有一次，他和几个小伙伴凑在一起玩耍，在家中院子里爬上爬下，玩得不亦乐乎。玩得正高兴时，忽然有个孩子不小心掉进大缸里了，转眼就被淹没了。几乎所有的孩子都惊呆了，不知所措，而这时候跑去通知家中大人赶来救助恐怕已来不及，怎么办？

　　司马光人小鬼大，急中生智，搬起一块不大不小的石头狠狠地砸向缸体下部。大缸被砸破了，水都流了出来，缸里面的小伙伴也顺水流出，惊魂未定。整个过程有惊无险，大人们知道这件事后也都佩服司马光的应急处理办法。

　　司马光从小受家庭诚信教育的影响，一生诚实，从未说过谎话。五六岁时，他想剥掉核桃皮，但不会做。他的姐姐帮他试了几次也无法剥掉核桃皮，就走去一边了。后来，家里一位下人利用热汤煮核桃的方法，顺利剥去核桃皮。姐姐回来，非常惊讶，问道："是谁帮你做的？"司马光年幼逞强，骗姐姐说："是我自己做的。"一直在一旁的父亲知道这并非司马光做的，于是恨恨地批评教育他说："小孩子怎敢如此说谎。"

　　从此以后，司马光再也不敢说谎。长大后，他还把此事写到纸上，鞭策、告诫自己不可说谎。司马光终生坚持这个原则，以至于后人对司马光的评价，也是一个诚实的"诚"字。

　　众所周知，司马光与司马迁并称"史界两司马"，司马光最重要的史学巨著就是《资治通鉴》。宋神宗时期，司马光因反对王安石变法而远离政治中心十五年，在此期间，他主持编写了近四百万字的巨著《资治通鉴》，当时的几位著名学者也参与其中，协助编修。《资治通鉴》全书的架构设计、增删定稿都由司马光亲自主持。

　　司马光一生粗茶淡饭，生活简朴，淡泊财物，修史名垂千古，但是他的政治生涯却被后人诟病良久。这主要体现在以下两件事情上。第一，就是他全盘否定王安石推行的新法，把新法中一些有利于当时社会的举措也不分青红皂白地一律废除，这不仅对当时的社会造成了比较严重的危害，甚至在北宋一朝开辟了朋党之争（士大夫争权夺利的斗争）的先河。从此以后，北宋政坛政治清明的氛围逐渐消失了。第二，他主张对西夏进行无原则地妥协，甚至把已经收复回来的四个边塞要地割让给西夏，以换取暂时的偷安。这使得北宋在与西夏的抗衡中受到极大的损失，也激起了当时社会上比较广泛的不满。

清平点评：

　　中国历史上类似孩童利用智慧解决问题的故事不少，如"曹冲称象"、"孙叔敖斩蛇"等，这里简单讲一下"文彦博洞中取球"的故事。文彦博也是北宋时期的士大夫，和司马光差不多算同一个时代的人。他小时候把水灌进洞里，利用浮力取出滚入洞中球的故事流传至今。

　　中华文明博大精深，有许多精彩纷呈的故事流传至今。有的故事教育孩子做事情要有恒心，有毅力，耐得住寂寞，日积月累才能有大收获；而有的故事教育孩子做事情要运用智慧，要当机立断，以达成更好的效果。这两种做事方法并不矛盾，有时互相结合效果更好。

　　这节故事讲完后，建议读者朋友教导自己周围的孩子们做些运动，锻炼他们做事情的恒心与毅力。比如练习跑步或者快走，这两项运动相对比较枯燥，但如果孩子能坚持下来，就能在锻炼身体的同时，锻炼恒心、毅力与坚守寂寞等品质。

如果想尝试对技巧性、反应速度要求较高的项目，建议教导自己周围的孩子学习一下打乒乓球。当然，这项运动也能锻炼恒心与毅力，但是其对技巧性、灵活性的要求也很强。让孩子加强这方面的训练，也不失为锻炼孩子在处理问题的技巧性、灵活性这个方向上的尝试。

一边学习，一边付诸行动，在行动中验证甚至纠偏所学，如此循环往复，螺旋式提升，这才是知行合一。如此这般，才能在生活中提升自己和孩子的能力和素质。

十四、苏东坡被贬

苏轼，字子瞻，号东坡居士，世人称苏东坡，现四川省眉山市人，北宋著名文学家、书法家、画家。苏轼与其父亲苏洵、弟弟苏辙，合称"三苏"。"三苏"在著名的唐宋八大家之中占了三位。唐宋八大家中唐朝有两位，是韩愈和柳宗元；宋朝有六位，除"三苏"外，其他三位分别是欧阳修、王安石、曾巩。

王安石主持变法期间，苏轼因为指出新法中的某些弊端而被贬为杭州通判，后来又到密州任知州，随后又调任徐州。王安石离开宰相位置后，朝中支持变法的权臣依然排斥苏轼。苏轼于湖州知州任上，在谢恩的上表中用诗暗讽朝政，被御史台告发，酿成有名的"乌台诗案"，被下狱一百零三天，险遭杀身之祸。

乌台诗案后，苏轼被贬为黄州团练副使。生命中经此一难，苏轼心灰意冷，未曾想这反而成就了苏轼在文学上的极大成功。苏轼的弟弟苏辙说："从此以后，哥哥的文学成就，我再也难以匹敌。"

宋哲宗继位后，因年幼，高太后临朝听政，司马光被启用为宰相，苏轼是因反对变法被贬谪的著名人士，并无大错，遂在此时被重用，从地方官任上被调回中央，并且官职升得较快。但是，没过多久，他就对朝中彻底废除王安石新法的一刀切做法又提出了异议，认为应该保留其中有利于老百姓的一些条文。这又引起了当权保守势力的极端反感，于是苏轼再次被贬，不得不又离开中央，到地方上任职。

仕途如此不顺利，按道理会引起当事人的烦恼。但是，苏轼一生乐观豁达，随遇而安，下面这个故事便体现了苏轼的从容乐观。苏轼曾经体态略胖，肚腹圆大。盛夏时，他在家中袒露胸腹，和家里的众多妻妾、仆人等一起说笑。苏轼指着自己的肚腹当众问道："这里面都是什么？答对了有赏！"众人议论纷纷，有的说："当然是满腹经纶啊！"还有的说："是一肚子学问、一肚子墨水。"苏轼一一笑着回答说不对。这时候，他的一位叫王朝云的侍妾回答："大人，你这是一肚子的不合时宜啊！"苏轼哈哈大笑，说："知我者，朝云也"。

从日常生活中的这件小事就可以看出苏轼豁达的人生态度。他不以物喜，不以己悲，面对仕途的再次受挫，已经不像第一次遭遇乌台诗案那样心灰意冷甚至怨天尤人了。

这时苏轼已是宋朝的文学大家，是当时文人中的一杆旗帜，他创作出一首新诗文，马上就能够在社会上引起传抄与传诵的风潮，可见他的社会影响力是非常大的。

在这之后的三次被贬期间，苏轼利用自身的影响力，在杭州西湖修缮苏堤，在岭南疏浚水利，在海南儋州办学堂，使当地学风盛行，并且很快产生了海南岛历史上的第一位及第进士。至今海南人一直把苏轼看做是当地文化的开拓者、播种人。

清平点评：

苏轼一生中的散文、诗、词都有很大的成就，书法、绘画也颇有造诣。尽管他本人仕途不顺，按照他的侍妾王朝云的话来说，"是一肚子的不合时宜"。但逆境是对文学家文学成就的玉成。正是这些磨难，才造就了一位宋代文豪。

民间与苏轼有关的传说非常多，这体现了寻常百姓对苏轼的喜欢和偏爱。据传说，东坡肉就是苏轼发明的，最早创于苏轼在徐州成功应对黄河水决口而保卫徐州城时期，当时还不叫东坡肉，叫"回赠肉"。在黄州任团练使时期，苏轼自己开荒种地，这就是他的号"东坡居士"的由来。此时，他亲自做肉并把经验写入诗中。在杭州修苏堤时，苏轼指点家人烧肉送给参与疏通西湖的百姓,大家吃了以后赞不绝口,称此肉为"东坡肉"。从此,东坡肉的名声天下皆知。

苏轼在为人处世方面的口碑极佳,这缘于他对身边人都很欣赏,善于发现他人的优点。就像他曾对弟弟说过的一句话:"眼前见天下,无一个不好之人。"苏轼虽然在政治上屡遭陷害,却从不怨恨生活,反而在被贬官期间,利用自己的影响力为当地百姓谋福。所以,综合苏轼的文品、人品、官品,笔者私下里认为他是中国古代文人中的第一人。

宋徽宗继位后,朝廷颁布大赦。苏轼于北归途中病逝于江苏常州。一代文豪去世了,他给后人留下的是无尽的怀念。

十五、张居正中兴明朝

张居正在万历初年的改革是明朝中后期政治的一个亮点，至少为明王朝续命五十年。

中国封建史上历经过很多次著名的改革，比如商鞅变法、王安石变法等，有的成功了，有的失败了。笔者在此提取一些比较著名的变革中的财税改革、升迁奖惩等方面的措施进行简单分析，为大家提供另一个角度，以理解张居正中兴明朝的不易。

商鞅在变法中打造了一个"利出一孔"、"军功升爵"的机制，非常简明地指出了普通人奋斗改变命运的路线，于是整个秦国变成了一个战争机器。汉武帝时期，为了进攻匈奴，在钱粮方面的措施是盐铁专营，升迁封侯也是通过斩首数量的军功方式来体现，于是，汉朝优秀的军事将领层出不穷。可以说，这样的财政措施、升迁设计在当时都取得了空前的成功。前者帮助秦国最终统一了六国，后者则把匈奴向西赶走了数千公里，甚至造成了当时全世界各民族多米诺骨牌般的西迁。

但是，封建历史发展到北宋时期，王安石变法前面临的社会现实是：国家已经无法从农业收入里收取更多的税收来维持整个社会的运转。王安石给出的财政增收思路基本上是国家专营，把商人这个阶层的收入全部变成国家的收入。想当初，汉武帝为了打击匈奴，曾经使用过类似的方法，叫做"盐铁专营"。当时，这个政策收效非常好，汉武帝也成了中国历史上最有作为的几个皇帝之一。但是，王安石时代再这么做就有点不合时宜了。王安石把社会上的很多商业行为统统收归为国家行为，收益都归国家财政所有。这虽然大大改善了当时北宋朝廷的财政状况，但这样的措施违背了客观的经济规律，损害了商人、农民的利益，遭到强烈反对，无法长久实施。所以，王安石的变法以失败而告终。

历史的车轮到了明朝的中后期，张居正推行的改革，针对社会上的商业利益并未采取像汉武帝、王安石那样的做法，而是建立了在商业行为的总体收益上收取一定的比例归国家财政的"一条鞭法"。这个政策已经非常接近于现代意义上的税收制度了。所以说,这个方法顺应了历史的潮流,具备了积极的意义,因此,张居正的改革在当时的历史条件下取得了较好的效果,从而大大改善了万历时期朝廷的财政状况,使得明朝出现了难得的中兴态势,局面一片大好。万历一朝成为明朝最富有的朝代。从这个意义上说,历史是发展的、变化的,也是与时俱进的。

张居正主政的时代,明朝已经走过了二百年,各种社会矛盾已经非常突出。张居正并没有针对明朝各阶层的利益进行大手术,而只是在一些方面做了微调,比如,用考成法淘汰冗余官员、利用丈量土地等办法清理大户人家的财产等。他对明朝中后期严重的土地兼并问题并没有采取大措施,只是多丈量出来一些新的征税面积。尽管如此,张居正去世以后,各种利益受损的阶层还是对他的家族后代进行了一定的报复,也酿成了一些悲剧。

但是,明朝也是有明白人的。万历皇帝去世后,开始有人提出给张居正平反。而到了崇祯朝,甚至有人建议要恢复张居正当年改革的大部分措施。而这个人就是当时著名的清流邹元标。邹元标在年轻时曾因反对张居正而被万历皇帝杖责打断了腿,但他后来年龄增长,阅历逐渐丰富,政治思想成熟了以后,不禁感叹:"我漂泊半生,深刻了解国情、政情、民情以后,才知道当年张居正所做的一切的意义,才理解了他的不容易啊。"

对于张居正在明朝中后期的所作所为及后来受到的不公平待遇,当时的一位大师级的人物李贽的一句话说得非常中肯:"张居正为了国家富强做了很多事情,同时也得到了比较好的效果。但却因为这些措施损害了一些阶层的利益而在他去世后受到报复并给其家族带来了祸端。从这个角度来看的话,大明王朝愧对他。"后来,张居正终于得到了平反,他的重孙子还曾在崇祯朝任高官。但这些都无法医治大明王朝的膏肓之疾，大明王朝还是逐渐走向了灭亡。

张居正的改革至少为明王朝续命五十年，但也只是续命而已，无法从根本上阻止明王朝的覆灭。即使在张居正去世后，他的改革措施能被全部保留并一直沿用，也只能给明王朝再多续命几十年而已。

清平点评：

张居正的改革，无疑是顺应了历史时代的，成就了明王朝难得的政治清明的时期，他不愧为一个英明的政治家。同时期明朝的各级官员也还算是兢兢业业，比较务实的。但是，张居正在明朝政坛的沉浮，却深刻揭露了明王朝的一个弊政，那就是言官制度。

设置言官的初衷是为了劝谏皇帝、左右言路、督促百官，尽管言官的级别非常低，但是他们的政治影响力非常大，尤其是他们拥有一项特殊的权利，叫"风闻言事"。也就是说，为了保护信息来源，言官可以在没有证据、没有具体当事人的情况下发表意见。因为缺少监督机制，言官制度的弊端渐渐显露出来。

最为明显的弊端是：言官只做批评，却很少提出具体的改进意见和建议。这对做具体落实工作的官员来说是非常不公平的，长此以往，会形成大家都不喜欢做实事的风气，因为做事就有可能被批，什么事都不做反而不会招来批评。这种氛围严重影响了明王朝各级官员的办事效率。

而张居正为了追求做事情的效率，对言官做出了一些惩戒制度，对言路也做了较大的规范。但是他去世后，这些势力借助于万历皇帝的手对他的家族进行了报复。这对张居正本人及他的家族而言是非常不公正的。试想，如果为了国家、为了朝廷做实事的结局就像张居正这样,那么谁还愿意去步其后尘呢?得罪了人不说,还会祸及子孙,谁会重蹈覆辙呢?所以说,明王朝从此以后再无张居正。

其实,从更深层次上分析,到明朝末期,封建帝制已经经过数千年的发展,已经不太能适应当时相对比较发达的生产力水平了。满族入主中原后,依然沿用封建帝制,虽然清朝建立后,经过六七十年的发展迎来了康雍乾三朝盛世,但这是封建王朝自汉、唐以来的第三个巅峰时期,也是最后一个了。

清朝后期,中国陷入了半殖民地、半封建社会,遭受了民族蒙难的一百多年。直至中华人民共和国成立,中华民族才重新挺起了腰杆。现如今,中华民族正处于第四个巅峰发展的起飞时期,让我们一起投入这样的时代,做好自己,做好事业,不辜负这个时代。

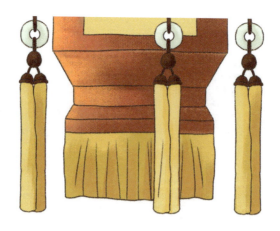

十六、林则徐虎门销烟

在19世纪30年代以前，中英之间的贸易往来比较正常，中国出口茶叶、瓷器、生丝等，每年能赚二三百万两白银。但是，由于中国是自给自足的小农经济，英国的产品在中国一直打不开局面。直到英国开始向中国倾销鸦片，事情开始发生180度的逆转。

鸦片俗称大烟，就是当时社会上的毒品，人一旦吸食就会上瘾，身体会对它产生依赖；长期吸食鸦片，人会变得面黄肌瘦、无精打采，形同鬼魅。1820年至1840年间，清政府因鸦片贸易总共流失白银约1亿两，严重影响了清朝的财政状况，甚至产生了统治危机。

林则徐在1838年9月上书道光皇帝，他表示：如果朝廷任由鸦片贸易这么发展下去，那么几十年后，全国各地将没有合格的兵源，国家也将没有足够养兵的财政收入，这绝对不是危言耸听。道光皇帝读后深受触动，便任命林则徐为钦差大臣，前往广东查禁鸦片。

林则徐在禁烟的过程中，察觉到英国殖民者不会轻易放弃鸦片贸易，禁烟会导致英国用武力威胁、侵略中国。所以，林则徐到广东后也做了充足的军事斗争的准备。

禁烟的第一步是收缴鸦片。林则徐发布公告，限定在一定日期内，所有国内外烟商交出全部鸦片并签署切结书。切结书的内容是，国外烟商必须声明不再往中国贩运鸦片。禁烟期间林则徐还写了一封给英国女王的照会，质问其明知鸦片有害，英国都严禁自己的国民吸食，为什么却批准英国人向中国贩卖鸦片？并且他通知女王中国已经开始全面禁烟。

一开始，很多鸦片烟商以为凭贿赂就能打动新来的钦差大臣放弃禁烟，但林则徐向来视金钱如粪土，根本不为所动。还有一些烟商认为只交少量鸦片，让林则徐能交差就算了，于是他们采取拖延策略，象征性地交出一千多箱鸦片，企图蒙混过关。于是，林则徐下令对国外烟商的集中驻地采取断水、断粮、断绝通信的措施，要求他们在期限之内必须交出全部鸦片。

1839年3月28日，外国烟商上交鸦片两万多箱。此时距林则徐3月10日到达广州，仅仅过去了18天。

收缴鸦片后，接下来要做的就是彻底销毁鸦片。林则徐决定采用先用海水浸化鸦片，再投入石灰的方法，就近在广州虎门浅滩公开进行销烟，再把鸦片被处理后产生的废渣直接排入大海。

1839年6月3日，虎门销烟正式开始。林则徐在虎门浅滩旁边搭起了一座礼台，广东各高级官员全部到现场观看。有很多外国烟商不相信林则徐是真的要把收缴的鸦片全部销毁，也不相信林则徐真有办法把鸦片彻底销毁，因此，他们也亲自来到虎门浅滩观看销烟的全过程。并且由于当时适逢端午节前后，又因鸦片害人不浅，自发来销烟现场看热闹的百姓也有成千上万。

一直到1839年6月20日，林则徐共销毁鸦片2376254斤，将近120吨。这个数字真是惊人啊！在虎门销烟的整整23天里，林则徐把收缴的鸦片全部做了销毁处理，之后排入大海。每天虎门海滩上都有上万人观看，人们无不拍手称快。

清平点评：

虎门销烟大大增强了中国普通民众对鸦片危害的认识，使更多人认识到了英国向中国贩卖鸦片的本质，唤醒了民众的爱国意识，维护了中华民族的尊严和利益，这在当时具有非凡的现实意义。尽管这可能并非林则徐的初衷，但确实达到了上述效果。所以，林则徐被誉为"民族英雄"。

虎门销烟是我国近代史上反抗帝国主义压迫的开篇，中国人民在此之后的一百多年间坚持不懈地与帝国主义进行斗争，直到1949年中华人民共和国成立，才取得了最终的胜利。

然而，虎门销烟也触动了清朝内部从事鸦片贸易的利益集团，他们在皇帝不坚定的关键时刻，诱使皇帝让林则徐为第一次鸦片战争承担责任，林则徐因此被贬新疆。难道林则徐对清朝高层的这些内幕不了解吗？当然不是，林则徐在禁烟这件事上的态度，从他后来的一句诗中能够得到答案——"苟利国家生死以，岂以祸福避趋之"。

林则徐在被贬新疆途中，遇到了好友魏源。二人志同道合，一番长谈后，林则徐把自己主持翻译的《四洲志》书稿交给了魏源，后由魏源整理并出版了《海国图志》，增进了当时的中国人对世界各国的了解。

林则徐结束新疆的贬谪岁月，官复原职后就任云贵总督，第二年告病还乡途经长沙时，约见了左宗棠。两人推心置腹，彻夜长谈，林则徐认为左宗棠是难得的人才，就郑重其事地将自己在新疆收集的地图等资料全部赠送给了左宗棠。这为二十多年后，左宗棠收复新疆伊犁提供了详细的基础资料，给予了极大的帮助。

十七、陈嘉庚倾资办学

陈嘉庚是著名的新加坡华侨，祖籍是福建省同安县集美社，现在属于厦门市集美区。陈嘉庚17岁就跟随父亲下南洋，开始了辛苦的经商、创业之路。他从做菠萝罐头的生意走向商业成功，然后逐渐地把经营重点转向橡胶行业，经过二十多年的发展，陈嘉庚成为南洋一带华侨中的首富。由于陈先生尽力支持华人、华侨的事业，同时又以诚信经营而在商界的声誉极佳，因此在全世界都享有盛名。

1913年开始，陈嘉庚在家乡陆续办了十所学校，专业涉及师范、水产、航海、商科、农林等，连同这些学校内建设的医院、图书馆、体育场、科学馆等附属设施，统称集美学校。1921年，陈嘉庚先后又创办了厦门大学的文、理、法、商、教育5个学院共17个系。这是全国唯一一所华侨创办的大学。他几乎把一生的商业收入全部用于办学，这是他和其他商业成功人士办学方式的不同之处。集美学校里有多座高楼大厦，他自己的住宅却只是一所简朴的二层楼，但他住得十分开心。在他的倡导与引领下，华侨捐资助学蔚然成风，影响极为深远。

陈嘉庚一生中最重要的转折发生在1940年5月。在此以前，他坚定地支持蒋介石。当时，大量的华侨捐赠的抗战物资、钱款都直接由蒋介石政权经手。但是有一次，在他访问重庆期间，他发现海外华侨无偿捐赠的物资在某些商店里竟然被公然高价售卖，他对蒋介石政权大失所望。于是，他在1940年5月访问了延安，参观了中国女子大学、抗日军政大学等地，还参加了四次群众性集会，跟毛泽东、朱德等中国共产党的高级领导人进行了深入的沟通与探讨，探索中华民族的出路所在。

通过这次实地考察，他看到了共产党领导下的边区军民艰苦奋斗的作风，对比国民党大后方的腐败，坐等外援，普通民众的疾苦无人关心的现状，陈嘉庚感到中国共产党深得民心、侨心，更在内心深处认定了：破坏抗战、投降卖国、贪污腐败、祸国殃民的是国民党，真正抗日救国、维护统一战线、廉洁奉公的是中国共产党。他由衷地感叹："中国的希望在延安。"

后来解放战争爆发时，陈嘉庚以南侨总会主席的名义致电美国总统和国会，对他们援助蒋介石的行为表示抗议，并且抵制蒋介石召开的国民大会。

1949年5月，陈嘉庚应毛泽东主席的邀请，回国参与中华人民共和国的成立与建设，深度参与了中国人民政治协商会议的筹备工作。当年9月，他以华侨首席代表的身份参加了中国人民政治协商会议。10月1日，他在天安门城楼参加了中华人民共和国开国大典。

1961年，陈嘉庚病逝于北京，享年87岁，后被安葬于集美鳌园。陈嘉庚全身心地倾注于家乡的教育建设，为改变家乡贫穷落后的面貌作出了巨大的贡献。先生共育有九子八女，儿孙满堂，人才辈出。

清平点评：

中国有一句古话：书中自有颜如玉，书中自有黄金屋。说的是读书可以娶得美貌娇妻，读书可以挣得家财万贯。虽然境界略显得不那么高，但是道理浅显易懂，非常直白。其实，中国数千年以来，读书人的梦想一直是朝为田舍郎，暮登天子堂。国人信奉一个原则：通过努力读书可以改变命运。而且，隋唐以来的一千多年间，这个命运的上升通道——科举制度一直都存在，并且在某些特定的时期还是非常通畅的，这绝对是中国的"特色"，在一定意义上维护了社会公平。

中国从隋朝开始实行科举制以来，科考子弟中一直人才辈出，创造了灿烂的历史与文化。而隋朝以前的封建社会奉行的是大家族制，由许多名门望族一直把持各类仕途要职，而这一现象在隋唐时代得到非常大的改变。这就是科举制在当时的时代进步性。当然，到了清朝末期，科举演变成了"八股"，其进步意义荡然无存，则是后话了。

中华人民共和国成立伊始，政府开展了举世瞩目的扫盲运动。民国时期，全国数亿人口中半数以上的人是文盲或者半文盲。中华人民共和国在全国范围内开展义务教育，把所有适龄的孩童送入学堂读书、识字，以改变他们的命运。这一举措使数亿文盲变成了有知识、有文化的知识分子，为中华民族的腾飞储备了充足的人才。这项盛举不仅改变了某些人的命运，也改变了整个中华民族的命运。读书能够改变民族的命运，这也是千千万万个像陈嘉庚先生一样的有识之士倾力支持教育事业的原因。

十八、周恩来为中华崛起而读书

周恩来是中华人民共和国的第一任总理，在中华人民共和国成立伊始他还兼任首任外交部长，是中国人民解放军总司令朱德的入党介绍人。他的一生可谓居功至伟，为中华民族、中华人民共和国作出了无与伦比的贡献。当他去世的时候，身后没有留下任何财产，也没有留下儿女，甚至连骨灰都撒在了祖国大地。他是一个无私奉献的伟人，是笔者的人生偶像。

1898年3月5日，周恩来出生在江苏淮安的一个大家庭中。按照族谱，周氏祖先可以追溯到《爱莲说》的作者周敦颐。周恩来青少年时代恰逢中国的进步人士在苦苦探索如何救中国的道路之时，世界上的许多进步思想传入了中国。

受中国传统教育及家族教育的影响，周恩来从小就志向远大。当他12岁那年在学堂读书时，教书先生问在座的同学们为什么来读书，有些同学回答："为仕途发展读书，学而优则仕，以后要当官。"还有些同学回答："做生意赚钱养家，要读书识字。"当先生问到周恩来为什么来读书时，少年周恩来脱口而出："为中华崛起而读书！"一语惊四座。周恩来不仅是这么说的，也是这么做的。他自少年时代到青年时代的整个求学期间一直读书刻苦、成绩优异，后来于1920年赴法国勤工俭学。

从1840年到1920年，中国已经走过了80年的苦难道路。中国的进步人士、有志青年都在积极地探索使中国走向富强的道路，年轻的周恩来少年就曾立志"为中华崛起而读书"，在此期间接触到共产主义思想后，于1921年秋，他坚定了自己终生的信仰。

当时，中国的进步人士原本非常希望走西方的资本主义道路以富强中国。但是在辛亥革命失败后，特别是第一次世界大战后，西方世界的严重社会动荡等危机让中国的有志之士非常迷茫，原来西方世界发展到一定阶段也自顾不暇。此时适逢1917年俄国十月革命刚刚成功不久，十月革命为比较落后的国家利用社会主义制度发展、富强自身做出了示范。自然而然地，中国的很多进步人士愿意深度了解马克思主义，并愿意把这样的思想、理论、道路模式介绍到中国来。

周恩来总理在1921年加入了中国共产党，不久后，即出任中国社会主义青年团旅欧支部书记。1924年秋，他回国后在国共合作时期任广东黄埔军校政治部主任。从此，他开始了艰苦卓绝的国内革命斗争的生涯。

周恩来在此后党的许多的危急时刻，都依靠自身坚定的党性原则、优秀的品格，不计个人得失荣辱，挺身而出，挽救了党，挽救了中国革命，并最终成为了党和国家的核心领导人之一，并为中华人民共和国的规划、发展、壮大作出了不可磨灭的贡献。壮哉，幸哉，中华民族有如此优秀的儿女，中国有如此中流砥柱。正是因为有了周恩来总理这样的一大批先驱者，国人才拥有了现在的生活。

清平点评：

周恩来总理在兼任首任外交部长的时期，本着独立自主的原则，在1955年召开的万隆会议上，向与会国家和全世界倡议并提出了中国外交的"和平共处五项原则"。即：相互尊重主权和领土完整；互不侵犯；互不干涉内政；平等互利；和平共处。这个倡议得到了当时与会大多数国家的拥护和赞同。这不仅在当时的历史时期是伟大的创举，即使现在看来，也是无比高明的外交策略。关键是，多年以来，中国是这么说的，也一直是这么做的。

许多西方发达国家在与其他国家的交往中，喜欢拉一派、打一派，深度干涉目标国家的内部事务。把这与中国的和平共处五项原则做个比较，就会发现：这其实是文明的差异，或者叫文化的不同。打一个比方，就像两个家庭之间打交道，其中一方总是在别人家里制造对立、搬弄是非、激化矛盾，甚至"送刀送枪"。这在中国人眼里，根本就是不应该做的事情。

多年一贯地坚持和平共处五项基本原则以来，中国得到了亚非拉很多国家的高度认同。在中国完成了举世瞩目的两弹一星国家工程后，在这些国家的帮助下，中华人民共和国得以重返联合国。中国作为联合国五大常任理事国之一，为全世界的和平发展作出了卓越的贡献。

邓稼先于1924年出生在安徽省怀宁县，在北京上了小学和中学，于1945年在昆明毕业于西南联合大学。1948年至1950年，他到美国普渡大学读理论物理学，获得博士学位后立即回国，1950年10月到中国科学院工作。

1958年秋，邓稼先奉命带领几十个大学毕业生开始研究原子弹制造的理论工作，工作条件极其艰苦甚至可以说原始，各种推理演算任务极其繁重。他经常非常着急地说："一个太阳不够用啊！"但为了让同他一起工作的年轻人也得到休息和娱乐，他总是抽空与年轻人玩十分钟木马游戏，并戏称说："这叫互相跨越。"当时，邓稼先被大家亲切地称为"娃娃头"。

在整个核武器研究期间，邓稼先不能与家里人提及工作内容甚至不能通信。1964年10月16日，中国成功引爆了第一颗原子弹；1967年6月17日，中国又成功引爆了第一颗氢弹。这两个日期是中华民族五千年历史中的重要日子，是中华民族完全摆脱任人宰割危机的新生日子。但是当时，邓稼先及其整个工作组成员的家属们，在报纸上看到这些喜讯的时候，根本就不知道正是他们最亲密的家人参与、完成了这项工作。

中国成功引爆的第一颗原子弹的设计方案就是邓稼先签字确定的。引爆后，他还率领研究人员进入爆炸现场进行采样，以证实爆炸效果。随后，他又与于敏等人投入到氢弹的研究中，最终以世界上独一无二的氢弹理论体系，成功设计出了氢弹，并于原子弹爆炸两年零八个月之后成功引爆了氢弹。而同样的成就，法国用了八年零六个月，美国用了七年零三个月，苏联用了六年零三个月。中国创造了从成功引爆原子弹到成功引爆氢弹的世界上目前最快的速度。

然而，工作岗位的特殊性让邓稼先的身体状况过早地恶化了，1985年8月10日，邓稼先做了直肠癌手术。在医院的病床上，他对妻子许鹿希说："我有件事还没有做完。"当时的国际环境是核大国已快要达到核武器研究的理论极限，那时他们就会主张核禁试，也即会主张全面禁止核试验。邓稼先敏锐地意识到：如果中国不能抢在全面核禁试这个时间节点前完成中国既定的发展目标，就会丧失在国际政治、外交中的主动权，就可能造成多年努力功亏一篑的局面。

于是，邓稼先准备起草一个核武器发展建议书。经过资料查阅、约同事到病房讨论，他终于在1986年3月与于敏联合署名完成了一份中华人民共和国核武器发展建议书。

1986年5月，邓稼先又做了一次大手术，在生命最后的日子里，他经常对妻子许鹿希很内疚地说："这些年苦了你了。"许久后，他又平静地说道："这辈子死而无憾。"1986年7月29日，邓稼先因全身大出血逝世，年仅62岁。从34岁到62岁的整整28年，邓稼先把自己最年富力强、最精彩灿烂的年华都奉献给了中国的核事业。妻子许鹿希在先生生命的最后时刻，握着他的手哭道："他的血流尽了。"

清平点评：

邓稼先先生是中国知识分子的优秀代表，为了祖国的强盛，默默无闻奋斗了几十年。生前几乎无人知晓，去世以后人们才知道了他的事迹，并被赞为中国的"两弹元勋"。

邓稼先先生超强、敏锐的眼光使中国的核武器发展继续快步追赶、推进了十多年，终于赶在世界全面禁止核试验之前，达到了可以实验室模拟核试验的水平。这使中国成功成为了世界核俱乐部的合法的核心成员，为中国重返联合国，成功成为联合国常任理事国奠定了坚实的基础。

1996年7月29日是邓稼先先生逝世十周年的纪念日。这一天，中国政府进行了最后一次核试验，用以永远铭记邓稼先先生为中国核武器研制事业作出的突出贡献。随即中国郑重声明：自1996年7月30日起，中国开始暂停核试验。

中国自研自制的一艘新型海洋测量船被命名为"邓稼先号"，于2015年3月30日下水，2016年2月2日正式列编东海舰队某作战支援舰队支队侦测船大队，正式加入人民海军战斗序列。这是人们对邓稼先先生表示深切缅怀的另外一种方式。

两弹一星对中国的重要性在五十多年后的今天怎么强调都不过分。邓稼先先生为此付出了毕生心血，这才是真正的舍身为国啊。"苟利国家生死以，岂因祸福避趋之"，邓稼先先生永垂不朽！

二十、钱学森归国

钱学森1911年出生于上海,祖籍浙江临安。在28岁时,他就成为了世界知名的空气动力学家。1949年,中华人民共和国成立的消息传到美国后,钱学森积极准备回国,只是未曾想到,自己几乎用了整整6年,于1955年10月8日,才踏上故国的土地。

原来钱学森刚一提出回中国,就被限制居住,失去自由达5年之久。在此期间,钱学森另行选择"工程控制论"作为研究方向,以消除原来的归国障碍——因为他原来在美国的研究方向为火箭技术,和国防直接相关,美国政府以此为由阻止他离开。实际上,工程控制论也与生产自动化、电子计算机的研制和运用等国防建设课题密切相关,只不过当时几乎没有人认识到这一点罢了。

1954年,钱学森在中文报纸上看到了父亲的好友陈叔通站在天安门广场上的照片,他的身份是全国人大常委会副委员长,于是,他想到通过陈叔通寻求祖国的帮助。于是,钱学森将一封"求救信"先寄给夫人蒋英在比利时的妹妹,然后转寄给了陈叔通。陈叔通看完钱学森的求救信后,迅速将情况汇报给周恩来总理。钱学森的遭遇使中国政府震惊了,党中央对钱学森在美国的处境也极为关注,并开始策划如何营救钱学森。

1955年8月1日,中美两国在日内瓦举行会谈。在会谈中,中国政府愿意以释放抗美援朝中俘虏的十一名美国飞行员战俘作为交换条件,同时,拿出钱学森的求救信作为美国方面阻挠中国留学生回国的铁证,最终迫使美国政府同意放钱学森回国。中国为了表示诚意,先期释放了四名美国飞行员。

1955年8月4日,钱学森终于接到了美国移民局允许他回国的通知;1955年9月17日,钱学森带着妻子蒋英和一双幼小的儿女热泪盈眶地踏上了回国的旅途;1955年10月8日,他们到达广州。

1958年,为了给两弹一星工程培养人才,应钱学森关于建立"星际宇航学院"的要求，成立了中国科学技术大学，钱学森任中国科学技术大学近代物理系主任，成为了中国科学技术大学的创始人之一。

由于钱学森的回国效力，中国导弹、原子弹的发展进程向前推进了至少20年，同时也为国家的国防科技储备了大量的人才。这些功勋都是不可磨灭的。他被誉为"中国航天之父"、"中国导弹之父"、"中国自动化控制之父"，为中国的两弹一星事业以及后来的航天事业作出了卓越的贡献。钱学森曾经说过："我的事业在中国，我的成就在中国，我的归宿在中国。"由此可见其报国的拳拳之心。

2009年10月31日北京时间上午8时6分，钱学森在北京逝世，享年98岁。是夜，尚未进入正式供暖季的北京下起了超乎寻常的大雪。

清平点评：

钱学森先生当初提出申请要回中国，美国政府内部立刻有人指出：他一个人相当于五个师，坚决不能让他回去。其实，钱学森先生对于中国的价值，何止是五个师。

抗美援朝后，中国终于可以集中精力搞经济建设，同时也开始规划国防建设总纲。当讨论中国国防建设的大方向时，由于在抗美援朝战争中中国没有强大的空中支援，吃亏很多。所以，很多人希望中国的国防建设能以研究制造飞机为主线。钱学森先生以科学家的高瞻远瞩建议：飞机的发展受新型材料技术的限制非常大，而中国在这方面没有相应的配套产业，飞机当然要发展，但是，先要埋头发展中国的材料科学基础。而导弹则不同，它的特征是发射以后就不用回收，基本不受材料的限制。国家领导人认可了这个观点，于是两弹一星成为了中国人民共和国成立伊始国防工业的重点。在不确定是飞机还是导弹才是最适合当时中国国防科技的突破口的交叉点上,钱学森先生的意见意义重大。

钱学森先生的工程控制论被广泛地应用于中国航天的各个系统。再结合中国可以集中力量干大事的举国体制,让钱学森先生深刻地意识到:中国的国家体制从集中国力干大事上来说,远远优于西方的体制。

但是,如果没有抗美援朝的胜利,没有俘获美军飞行员的成果,钱学森先生的归国或许还要晚些时候。因此,国家强盛是和千千万万个公民的努力奋斗与拼搏紧紧相连的。

中国历代励志故事小讲

仁者篇

高清平 著
赵 晶 绘

中国林业出版社

图书在版编目(CIP)数据

中国历代励志故事小讲. 仁者篇 / 高清平著；赵晶绘. —北京：中国林业出版社，2019.5
ISBN 978-7-5219-0059-0

Ⅰ.①中… Ⅱ.①高…②赵… Ⅲ.①历史故事—作品集—中国 Ⅳ.①I247.81

中国版本图书馆 CIP 数据核字（2019）第 077364 号

中国林业出版社·建筑分社

责任编辑：纪亮　樊菲
特邀编辑：胡萍

出版	中国林业出版社（100009　北京市西城区德胜门内大街刘海胡同 7 号） http://www.forestry.gov.cn/lycb.html　电话：（010）83143610
发行	中国林业出版社
印刷	北京中科印刷有限公司
版次	2019 年 5 月第 1 版
印次	2019 年 5 月第 1 次
开本	1/16
印张	5.5
字数	100 千字
定价	118.00 元（全 3 册）

前 言 | FOREWORD

　　本书为系列书籍,此次出版的是第一辑。本辑由《勇武篇》、《文仕篇》、《仁者篇》三本组成,主要是用大家耳熟能详的小故事讲述一些基本的做人的道理,从而使读者深刻了解中华文明数千年以来传承的脉络。

　　孩子的未来不仅仅是他自己的未来,也是整个家庭的未来。从更大一点的角度说,他们的未来也是国家的未来,更是一个民族的未来。

　　现在的孩子们一出生就面临着一个知识爆炸的互联网时代,和笔者及其几乎所有长辈的生长环境都不相同。此时此刻,很多长辈们的成长经验与经历几乎无法很好地引导孩子们。如何正确地面对这样的互联网时代?如何让孩子们正确地利用互联网而不是单纯地沉溺于互联网?对于这个方向上的家庭引导,笔者在本系列书籍中有意识地做了一些尝试,希望在家庭中产生良好的互联网应用氛围,从而进一步引导孩子在互联网应用方面形成良好的习惯。从另外一个角度来说,这也是在高效地、正能量地利用互联网。

　　孩子一出生就接触家庭,然后是幼儿园和学校,再逐渐接触整个社会,对每一个孩子来说,原生家庭的教育,也就是父母的言传身教,都是至关重要的。其实对年轻的家长来说,孩子成长的过程也是年轻父母走向成熟并逐步成长的过程,也是年轻父母从年少气盛、曼妙青春走向成熟稳重的自我成长。孩子步入校园,开始系统性学习知识的同时,也接触到了校园这个相对单纯的小社会。所以家庭教育、学校教育、社会教育的三位一体,才是对孩子在如何做人这个环节上的全面教育。

　　笔者从小生长于一个教师家庭,父亲一辈子从事教育工作,对笔者的成长影响至深。笔者创作此系列书籍总共用时约两年,也是希望以此表达对去世十多年的父亲的缅怀。

　　然而,在全新的互联网时代,家庭、学校、社会如何在孩子正确做人这方面进行三位一体的全面的、系统的教育,这是一个复杂的课题。笔者用这一系列书籍从某一个角度掀开这个课题的一角,抛砖引玉,希望家长、老师们给予斧正。

　　希望每一个孩子读完这套系列书籍后,在家长、学校、社会的帮助下都能深刻了解中华文明传承的奥秘,同时,也能正能量地面对互联网,并能正确地利用互联网,能够学会从海量信息中分辨是非良莠,从而端正自己的人生态度,少走弯路。

　　祝福孩子们都有一个平安、健康、幸福、快乐的人生。人生较长时间的平淡无奇,并不意味着永远没有机会光辉灿烂。孩子们,一定要好好珍惜人生的每一天。

高清平
2019年1月10日凌晨

目录

contents

前言
篇首语
- 一、女娲补天　　　　　5
- 二、精卫填海　　　　　9
- 三、愚公移山　　　　　12
- 四、孟母三迁　　　　　16
- 五、塞翁失马，焉知非福　20
- 六、毛遂自荐　　　　　24
- 七、重新认识秦始皇　　28
- 八、世说新语三则　　　33
- 九、玄奘取经　　　　　37
- 十、熟能生巧　　　　　41
- 十一、毕昇与活字印刷术　45
- 十二、黄道婆与乌泥泾被　49
- 十三、圆明园的毁灭　　53
- 十四、董存瑞炸碉堡　　57
- 十五、塔山阻击战　　　61
- 十六、淮海战役支前大军　65
- 十七、邱少云烈火永生　69
- 十八、黄继光堵枪眼　　73
- 十九、最可爱的人　　　77
- 二十、青山处处埋忠骨　81

篇首语

本书为系列书籍，这是第一辑，共三册，此文为每一册的篇首导入文。

人物：班主任、男生糖糖、女生果果。

糖糖、果果开学了——开学第一课

班主任：我们都是中国人，每逢周一上午，全校师生都会升国旗、唱国歌，可是同学们了解中华文明吗？

中华文明是全球四大古文明之一，四大古文明指古埃及文明、两河文明、古印度文明和中华文明。这四大古文明都有五千年以上的历史。但是发展至今，除中华文明以外的三个文明都发生了严重的断代或者文化变异，而唯有中华文明，不仅保持了严谨的传承性，而且还随着时代的发展，不断地包容、吸纳各时代先进的文化因子，与时俱进，给世界文明留下了光辉灿烂的独特篇章。

中华文明源远流长，在文字产生以前，文明的传承方式都以神话故事、口口相传的形式为主，真正有遗址和文物出土，能够以实物证明的中华文明史始于夏、商、周，商、周更是有文字记载。在此之前的三皇五帝（著名的尧、舜、禹即为夏之前的三帝）时代鲜有文字记载。夏朝约始于公元前21世纪，距离现今的21世纪约有四千多年，再加之三皇五帝的历史，所以，一般意义上来讲，中华文明至少有五千年以上的传承史。

夏、商、周是奴隶制国家，夏朝、商朝是部落制管理的国家，带有一定的原始社会色彩，周朝正式进入诸王分封制国家。周朝分西周和东

周两个时代，东周又大致分春秋和战国两个时代。

秦朝开始成为封建制国家，并出现了郡县制，即国家直接派遣官员管理郡县的国家治理形式，并实现了第一次国家意义上的大一统，这些管理方式影响至今。

汉朝分西汉、东汉两朝，是中华文明的重要发展时期。两汉政权稳固，国力强盛，"汉"的称谓通过丝绸之路走向世界，我国的主体民族汉族也因此得名。

汉末以后的三国时代，是秦朝大一统后的第一次分裂割据，虽然随后的两晋即西晋和东晋有了短暂的统一，但随之而来的南北朝时期却是一个较大的、长期南北分裂的局面。南朝有宋、齐、梁、陈四个小朝廷，北朝有北魏、西魏、东魏、北齐、北周五个小朝廷。

隋朝实现了中国历史上的第二次大一统，完善了六部制的行政管理体制和以大隋律为基础的法律体系，并在人才选拔机制上采用当时非常先进的科举制。这些创举都被后续朝代沿用，其产生的影响至今仍有存留。

唐朝不仅是中华文明发展的一个鼎盛时期，而且名声远播至全世界。大唐吸取了晋、隋两朝统一非常短暂的教训，唐初的几位皇帝基本都坚持不过度扰民的治国理念，所以唐朝迅速强盛起来。大唐是当时全世界国家治理、文明发展的典范，同时期的中华文明也吸纳、包容了很多其他的文化因子，使得"包容"成为了中华文明一个至关重要的特征。因此，中华文明具备了强大的生命力。

唐朝以后，中华大地进入了分裂割据最严重的五代十国时期。五代十国指这段时期影响力较大、存续时间较长的朝廷，影响力更小的割据政权更是多如牛毛。

五代十国以后的两宋，也就是北宋和南宋，虽然都没有真正统一中国的北方，因为同时期北方的少数民族政权有辽、金、西夏，他们与两宋长期共存。

元朝实现了中国版图的第三次大一统。元朝是中华大地上首次出现的由北方游牧民族建立的大一统政权，此后的明朝、清朝两朝也都是大一统的朝代，所以从元朝以后，大一统的思想一直在中国人心中占据着重要的地位。

明朝是汉族建立的大一统时代，清朝由满族人建立。清朝的康雍乾盛世是中华文明的又一次辉煌，也是以农耕文明为代表的中华文明第三次达到世界发展史上的巅峰。

然而，这次巅峰之后，中华文明迎来了约两百年的低谷。过度重视农耕，再加之封建统治阶级的自我封闭，中国在工业化的大潮面前落伍了。落后就要挨打，中国在清朝末期陷入了半封建、半殖民地社会。

1840～1949年，中华大地上的国人，在苦苦追索彻底拯救中国的道路上坚持了一百多年，终于迎来了中华人民共和国的成立，又经过六十多年的艰苦努力后，让以农耕文明为特征的中华文明极大地包容了工业文明的因子。如今，中华大地上的工业产值已据全球前列。这不仅说明了中华文明拥有强大的包容性，更彰显了中华文明强大的生命力。与时俱进，中华文明将创造中国历史上的又一次辉煌，中华文明即将迎来第四次发展的巅峰！

同学们，中华大地五千年的文明史就简单介绍到了这里。在这里衷心地希望同学们能投身于祖国的发展建设，完成历史赋予你们这一代人的使命，重塑中华文明新的辉煌。

今天我讲的这些，你们现在不一定能够全部理解，这没有关系。希望你们发奋学习，多多读书，能够早日彻底理解这堂课的内涵。

同学们，祝你们健康成长每一天！

一、女娲补天

在人类生活的早期时代，对人类危害最大的是各种自然灾害，其中水灾、火患是比较经常出现的，旱灾也时有发生。随着人类的繁衍，各原始部落之间因为食物匮乏、争夺栖息地等原因引起的争斗也越来越频繁。

传说有一年，火神祝融和水神共工打起仗来。争斗中，共工把西北角撑天的柱子不周山撞倒了，西北方向的天塌陷了一大块，出现了一个大漏洞，天河里的水不停地流下来，造成大地上洪水泛滥。大地上的人类左躲右闪、无处容身。

女娲娘娘看到人类遭受的苦难，心中十分痛惜。为了解救大地上的生灵，她决定采石补天。女娲娘娘遍寻三川五岳，最终在黄河边上找来五色石块炼出五色晶石，这种晶石刚刚炼出来的时候黏性非常大，粘好以后会逐渐地变硬，最后会变得非常结实。就这样，女娲娘娘把天际的大漏洞一点点地补了起来。

眼看补天的工程就要完成了，女娲娘娘却发现五色晶石不够用，原料五色石也没有了。此时，天上还存在着一个不大不小的窟窿。如果不把这个窟窿补好，它将会变得越来越大，前面做的工作就全白费了。

女娲娘娘思考了一段时间，决心用自己的身体填补好最后的窟窿。于是，她用力跳到窟窿里，将自己变成五色晶石，把窟窿完全堵住了。终于，天补好了，天地间重新恢复了宁静，还出现了五彩的云霞、七彩的彩虹。这是女娲娘娘舍不得人们，时常化身云霞和彩虹，来人间看看。

经过一段时间的休养生息，人世间的各种生机又都恢复了，人们为了纪念女娲娘娘舍身补天救助人类的大义之举，在多地修建了女娲娘娘庙，也把有关她的故事代代相传。据《水经注》记载，女娲出生在现今甘肃省天水市秦安县一带。直到现在，那里还建有一座女娲庙。最初的庙宇早毁于战火，现存的是后来重建的。

在《封神演义》中，作者对女娲娘娘进行了如下演绎：商纣王在三月十五日女娲娘娘生日之时到庙里祭奠，偶然看到娘娘的塑像，惊为天人。就在庙里墙壁上写了一首诗，表达对娘娘的爱慕，言辞颇为不敬。

女娲娘娘早已经羽化成仙，返回神庙里，看到纣王留在墙上的诗，非常气愤，心想：作为统领天下的大王，商纣王竟然不好好修身养德以回馈老百姓，反而在我的神庙里惦念起女色。如此不敬神灵，大逆不道，看来商朝的气数真的已经尽了。

但女娲娘娘算了一下，发现商朝还有28年的寿命，于是，她派遣三个妖怪去迷惑商纣王，让商朝的实力大减。从而让28年后周武王讨伐商纣王时，不至于双方厮杀太长时间，这样一来，人世间就不会过于生灵涂炭。

果然，纣王过于迷恋女色，天怒人怨，人心分崩离析。周武王的大军为了征讨商纣王的各种不义行为而快到达都城附近时，商纣王已无兵马可用，只能临时组织监狱里的囚犯与其抵抗。未曾想这些囚犯也都恨极了商纣王，竟然临阵倒戈，帮助周武王的军队进入都城。商纣王自杀，商朝灭亡。

清平点评：

从远古时代到至今约一万年前的漫长岁月里，人类社会大多一直是以母系氏族社会的形态存在着的。世界各地的母系氏族社会延续时间不尽相同，我国的母系氏族社会延续至大约距今六七千年前。女娲补天的神话传说流传至今，从一个侧面反映了人类在母系氏族社会时，以女性为社会主导的一种生活形态，这种生活形态跟现代社会相比存在很大的不同。

母系氏族社会是建立在母亲的血缘关系上的社会组织。在原始的社会生产分工中，男子从事打鱼狩猎等活动，妇女从事种植采集等活动。由于原始社会狩猎手段的低下，妇女获取食物的来源更加稳定，更能使整个氏族填饱肚子、糊口度日。因此，妇女在经济生活中占据支配地位，在社会上也更受尊重。

所以说，当人们遇到灾害、风险时，第一时间来拯救人类的也是一位女性形象的神灵。或许这就是女娲补天这一神话故事产生并流传至今的深厚的社会基础。

在母系氏族社会中，体现出非常淳朴的两性平等的基本思想。其根本原因或许是女性在生育过程中比男性付出的多得多，责任感也就更强。所以说，现代某些地方重男轻女的思想，作为母亲的一方是非常难以接受的。历尽千难万险，生下了女儿却不被重视的现象，在一万多年以前的母系氏族社会里都不被接受。这样看来，现代人们的某些根深蒂固的腐朽思想，也应该好好剖析、检讨。

二、精卫填海

精卫填海是中国古代的一则神话传说。据《山海经》记载，精卫是炎帝最宠爱的小女儿，名字叫女娃。有一天，女娃乘船到东海游玩，遇到大风，不幸溺水身亡。炎帝悲痛欲绝。女娃死后，她的灵魂化作一种神鸟，花脑袋、白嘴壳、红色爪子，人们称之为精卫鸟。

为了避免其他的小孩子也像自己一样不慎溺水，精卫鸟每天都从山上衔来小石子、草木投入东海，决心要把东海填平。

女娃溺水后灵魂不死并附于鸟类身上，就以精卫鸟的形态复生了。这种死而复生的观念在很多神话传说中都存在，只是复生的具体形式不同而已。含有这种托身复生情节的另外一个比较有名的神话传说是哪吒死后以莲花托身复生的故事。有兴趣的读者可以查阅相关资料获取更多内容。

传说，炎帝带领部落族群研究谷物的生长规律，为人类创造了稳定的食物来源。他少不谙事的小女儿女娃即使不幸溺亡，她也并不顾影自怜、自暴自弃，或者天天抱怨上天对自己命运安排的不公。而是敢于挑战自然，敢于同一望无际的大海作斗争，这种自强不息的精神实在是难能可贵。而且，更为难得的是，女娃不忘为后人谋福而决心填海，避免其他孩童遇险。真是有其父必有其女，这种舍己为人的精神真是代代相传啊。

清平点评：

女娲补天和精卫填海都是以女性或者女性魂灵为主角的神话传说，并且都有典型的挑战自然的情节，同时，这两个神话故事中都比较少地提及男性的作用。所以，从这个意义上说，这两则神话故事有一定的相似性。

前面提及的女娲补天、精卫填海这两篇故事，连同以前讲过的炎帝种谷、盘古开天辟地、后羿射日，一共讲了五个上古时代的神话传说。这些神话传说虽然内容不同、人物各异，但都有共通的地方：人类不屈服于自然并与其抗争；首领或者神灵为了大多数人类的福祉而奋斗，有的甚至牺牲了自己。笔者以后还会讲更多的中国神话故事，大家可以用心体会这些共通点。

中华文明已经存在并延续了五千多年，在中华文明的发展初期存在某些有神论的思想，就像上面提及的这些神话传说一样。但是，中华民族的祖先却从来不畏惧神灵，也从来不把自己生存的希望寄托于神的眷顾。就像上面提及的几个神话传说，其核心的思想可以用"抗争"这两个字来概括，这些传说告诉我们一个道理：要想生存，就得靠自己，不能屈服于天意，要勇于抗争。

中华民族的历代先贤就是听着这样的故事长大、成才的。勇于跟自然抗争，不屈从于命运的安排，并且努力拼搏不怕输，这些精神已经渗透到每一位先贤的骨髓中。所以，我们的祖先才会坚韧刚强，我们的民族才会历经五千多年风雨而屹立不倒。

传说中，很久以前有太行、王屋两座大山，每座山都方圆达七百里，高七八千尺。两座大山的正北处住着愚公一大家子人。当愚公还是小孩子的时候，他们家每每出行都要先绕过这两座大山，要走很远的路才能出山。愚公虽然一直就觉得非常不方便，但却也没有什么好办法。年复一年、日复一日，愚公慢慢变成一个子孙满堂的老人家了。

　　现在愚公已然八九十岁了，但却仍然很有想法并且干劲十足。深思熟虑后，终于有一天，愚公召开家庭会议，对儿孙们说："我要带领大家利用农闲时间挖空这两座山，让咱们家以后出行变得更加方便。"家里人常年受到绕路出山的困扰，于是纷纷表示赞同。愚公的妻子提出了一个问题："挖山带来的那么多沙土怎么处理呢？"儿孙中有一人提议说："咱们就把沙土都倒在渤海边上，如何？"家人都表示同意。

　　于是，第二天愚公就带着众儿孙们上山干了起来。邻居京城氏（复姓）家中有个寡居的妇人，她问清楚愚公一家要做的事情以后，表示非常支持，还让自己不到十岁的儿子也加入挖山的队伍，每逢换季才回一次家，换穿适合季节的衣服。

　　山脚下的河湾处住着一个叫做智叟的老者，看着愚公一家子春去秋来、风雨无阻地坚持挖山，前前后后忙了这么长时间，两座大山几乎没有一丝一毫的变化，根本就没有挖掉多少。于是，智叟袖手旁观，嘲笑愚公说："凭你残存的岁月和这把子力气，就是这山坡上的荒草你也挖不净啊。何况要挖走整整两座山？你这啥时候才能完成啊？"

　　愚公听了他的话，长叹一声说："你的见识竟然连一个寡妇和孩童都不如啊。虽然我的时日不多，但我的儿子们、孙子们会一直挖山不止，孙子们也会再生孩子，子子孙孙无穷无尽啊。而山又不会再长大或者变高，有朝一日，我的家人总能把山挖空啊。"智叟听完这话，低下头，无言以对。

住在两座山中的两位山神得知这一情况后，商量了一番，然后把情况报告给了玉皇大帝。"报告玉帝，我等本以为愚公只是一时兴起，随便挖几下大山，发现没有什么效果就不会再挖了。谁知愚公是铁了心要挖空这两座山啊。"

玉皇大帝得知此事的前因后果，沉吟良久，也觉得愚公一家的出行确实太不方便了，而且被愚公一家锲而不舍的精神感动了。于是，他连夜派出大力神的两个儿子把两座山背走。一座山放在朔方的东部，另外一座放在雍州的南部。从此以后，愚公一家出行就变得方便多了，他们终于达成了多年的夙愿，全家上下都十分开心。

清平点评：

愚公移山这则寓言表达了一种敢想敢干、坚忍不拔的精神，鼓励人们在巨大的困难面前首先要勇于提出破解困难的想法，再脚踏实地地解决实际困难。然后在做事情的过程中用自己的辛勤和汗水逐渐获取灵感，这样才能抓住成功的机遇。

当然，如果单纯从逻辑出发，愚公一家只需要搬家就可以避免高山阻挡在家门口这种情况。这个思路远比搬山的效率更高。但是，故事就是故事，它虽然不太符合现实状况，却蕴含着积极的人生哲理，教育了一代又一代人。

中华人民共和国刚刚成立时，正面战场上的敌人被打败了，而且大都被消灭了。但是当时中国还面临积累一百多年都未能解决的匪患问题，其中尤以江西西部、广西山区、东北各山区的匪患持续时间最长。想要一劳永逸地解决这个百年顽疾，对当时的中国而言真可谓愚公移山。

首先，共产党运用高超的政治手段消除掉土匪产生的土壤，那便是让山区老百姓都有地耕种，本地老百姓只要不当土匪，就保证能吃饱饭，这样土匪的数量就逐渐减少了。然后，再以强大的人民解放军的武力为后盾，逐渐消灭盘踞深山的土匪。要知道，共产党的军队才是正宗打游击战的祖师爷，所以解放军在同土匪的非正规作战中出奇制胜。就这样，中华人民共和国成立之后没几年的时间，共产党就彻底肃清了各地持续一百多年甚至延续了多个朝代都无法根除的匪患问题。不知道的人还真以为是上苍派人来把"匪患"这座大山给背走了呢。

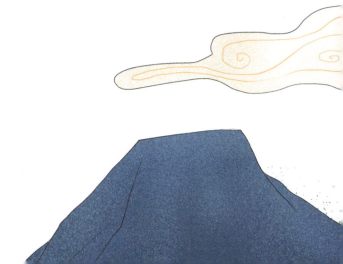

四、孟母三迁

孟子名轲，战国时期邹国（今山东省邹城市）人，是中国历史上伟大的思想家、教育家，儒家学派的代表人物，与孔子并称"孔孟"。

孟子年纪很小的时候，父亲就去世了。孟子的母亲非常重视他的教育问题，对他管束非常严格，希望孟子能成才。孟子年幼之时比较好动贪玩，并且爱模仿大人。一开始，孟子家的邻居是做婚丧红白之事的。于是，孟子就跟着邻居学吹吹打打、跪拜叩头，还佯装哭嚎，玩起假装办理丧事的游戏。孟子的母亲看到了，就皱起眉头说："这不是孩子的上进之道，我不能让我的孩子住在这里了。"于是，她就带着孟子搬家了。

搬家后的邻居是做生意的商贾之家。住下来没多久，孟子又开始模仿邻居迎来送往，还学起商人做生意吆喝的样子，甚至过家家时玩买进卖出的游戏。孟子的母亲又说："这个地方也不适合我的孩子居住。"于是，他们再次搬家。

这次，他们住在了比较靠近杀猪宰羊的地方。这下孟子竟然对如何屠宰猪羊起了浓厚的兴趣。孟子的母亲知道了，又眉头紧皱说："这个地方依然不适合我的孩子居住。"于是，他们又搬家了。

最后，他们搬到了一间私塾旁边。每月都有很多官员来学堂讲学，学生不仅非常尊敬老师，也对这些官员礼貌相待，互相作揖行礼，彼此关系融洽。于是，孟子就跟着学生们学习大声读书，识文断字，礼貌对待他人。孟子的母亲非常高兴，说："这才是我的孩子应该住的地方呀。"于是，他们在此居住下来。

后来，孟子长大了一些，母亲就送孟子进学堂读书。刚进学堂的时候，孟子年龄较小，比较贪玩，新鲜劲儿过后，读书就不是很用功了，甚至偶尔还逃学。孟子的母亲对此非常忧心。

有一次，孟子从学堂逃学回家，看见母亲正要用剪刀剪断辛辛苦苦织出来的布，孟子不解，问母亲："您为何要把好好的布剪断？"孟母回答:"我辛苦织布是为了供你读书,做个有用之才。你如此荒废学业,就像我剪断织布机上的经线,布终究无法织成。君子求学是为了增长智慧,成就功名。像你这样经常逃学,如何能成为有用之才呢?这样下去,我的辛苦看来都要白费了。"

孟子年龄虽小,但却极孝顺母亲,断织喻学的情形在孟子幼小的心灵中留下了深刻、鲜明的印象。这让孟子从小就意识到,半途而废的后果是十分严重的。孟子从此发奋读书,终成一代大儒。

孟子根据战国时期各国生存、发展的实际经验,总结各国的兴衰规律,提出了一个民本位思想的著名理论:"民为贵,社稷次之,君为轻。"他认为执政者对待人民的态度,对于国家的长治久安、兴衰发展具有极其重要的意义。

而"穷则独善其身,达则兼济天下"也是孟子最为后人称道的思想。他告诫人们:当人身处逆境不得志的时候,就要更多地注重自身品德、修养及各种能力的提高,不能做超越常人底线的事情;当一个人发达成功之后,要使寻常百姓都能得到照顾与帮助,要心怀天下,造福天下万民。孟子这些思想的形成与母亲对他的影响和他的成长经历都有着重要的关系。

清平点评:

孟母三迁并非特指三次搬家,而是指多次搬家。这则故事道出了一个重要的道理:孩子的生活环境对孩子的成长及其人生观、世界观和价值观的形成具有非常重要的影响。当孟母发现孩子受到周围环境影响而产生一些不好的行为时,并没有一味打骂孩子,指责孩子不学好,而是主动为孩子改善环境，科学地引导孩子。不得不说孟母是个智慧的母亲，并且非常懂儿童心理学。

但仅仅有心还是不够的，还要有办法帮助孩子改进学习的动机、目的以及方法等，促使孩子成才。本系列书籍刚好可以在这些方面，尤其在孩子的人生观、世界观、价值观的塑造方面，很好地帮到年轻的父母们。

孟母三迁这则关于母爱的故事，其实还寄托了笔者的一个观点：母爱是人世间最无私的爱，而母亲更是每个人人生中的第一位老师，其在孩子生命中的特殊位置、重要的情感影响力、重大意义无可替代。在中华民族优秀品质的传承中，母亲的言传身教是非常重要的一环。所以，国家应该在女童、少女的教育上下更多的功夫。

更多内容，可以搜索并关注笔者个人的微信服务号：身家帼天下*。这个读者服务号主要用于收集读者阅读后反馈自己的理解与点评，可能无法做到逐一回复，希望读者能体谅。

---

* 此公众号一切法律责任由作者个人承担。

塞在中国古代一般指长城边塞。塞翁是指长城边塞附近住着的一位老人。这位老人非常具有生活的智慧。有一次，他家里养的马跑到相距不远的胡人居住区去了，许多天都没有回来。按照当时人们的理解，这就算马跑丢了。

一匹马对当时的一个家庭而言，可是一笔不小的财富。周围邻居都来安慰他说："马丢了就丢了嘛，不要太难过了。"岂知塞翁根本就不难过，他反而对来安慰自己的邻居们说："为什么就判定这事儿不是好事呢？"

没想到过了几个月，他家的马竟然带着几匹胡人的骏马一起回来了。家里添了好多匹马，周围邻居都来祝贺他说："没想到被你说中了，你丢失马匹这件事情竟然是好事情啊！"塞翁也没有特别欣喜的样子，他平淡地说："谁又知道这事儿是不是祸端呢？"

他年轻气盛的儿子非常喜欢胡人的骏马，经常出去骑马，练习骑射。有一天，他的儿子不小心从马上摔下来折断了大腿骨。年轻人比较好动，大腿恢复得不太好还留下了残疾，以至于走路都有点一瘸一拐。邻居们又来对他说："你真不该说上次那些不吉利的话，你看孩子不小心都落下毛病了。"未曾想塞翁依然没有特别悲伤的样子，他说："你们怎么知道这事儿不会带来福运呢？"在场的邻居们都面面相觑，根本无法认可他的想法，都觉得他是因为心疼儿子受伤而脑筋坏掉了。

又过了一年，胡人大举侵犯长城边塞，健壮的男子都应征入伍，拿起弓箭等武器参战。战事特别惨烈，去参战的乡邻，非死即伤。唯独他因年纪老迈，他的儿子因腿脚不方便，父子二人得以保全了性命。

中国古代读书人的目标都是学而优则仕，历代许多有名的大文豪年纪轻轻就步入了政坛，走上了从政的道路。但是，他们中间有些人仕途非常不顺利，甚至一生中被贬谪数次。不过他们的这些曲折的人生经历反而极大地促成了他们文学成就的提升，从而青史留名，诗词文章流芳百世。从这个意义上来讲，这些经历真可谓"塞翁失马，焉知非福"。

著名的唐宋八大家中，唐朝的柳宗元、宋朝的苏东坡就是因仕途不顺，反而在文学上获得巨大成就的典型例子。柳宗元在被贬谪期间，写下了大量脍炙人口的散文、寓言，流传后世；苏东坡也是在被贬为黄州团练副使以后，文学水平显著提升，以至于原来文学造诣和他不相上下的弟弟苏辙都感慨道："从此以后，哥哥的文学水平我就难以望其项背了。"被贬谪的经历使得当事人更深刻地了解社会、理解人生，反映到文学作品上，那就是立意、抒情都超越了以前的作品。

清平点评：

这个故事通过多个循环往复、颇具戏剧性的情节，阐述了"福"与"祸"的对立统一关系，揭示了"祸兮福所倚，福兮祸所伏"的道理。在一定的条件下，好事和坏事是可以互相转化的。

在这里简单比较一下汉朝刘姓皇室和明朝朱姓皇室的不同命运，来说明"祸兮福所倚，福兮祸所伏"这一道理。汉、明两个朝代对皇室成员的管理方法存在根本差异，从而形成了两个皇室迥然不同的命运。

汉朝对刘姓皇室实行下一代成员爵位比本代成员爵位减一级的办法，爵位降级意味着朝廷俸禄少了，如果皇室后代没有给国家建功立业就会没有爵位，与普通平民毫无不同，那时，他们就需要自己养活自己了。这样的政策激发起了皇室后裔的奋斗意识。东汉开国君主光武帝刘秀就是汉室后裔。

而明朝对朱姓皇室实行的却是超级优厚的待遇，并不实行爵位按代递降同时减少朝廷俸禄的政策。明朝几代皇族绵延下来，人数剧增，而且每一代的待遇都维持原标准,最后造成用全天下的财富来供养明朝王室成员都不够的局面。这就让明朝皇室成员养成了养尊处优、无所事事的恶习,离开朝廷俸禄就根本无法生存,几乎变成了一群废物。最后几乎被满族统治者杀戮殆尽。以历史发展的眼光来看,汉朝的刘姓祖先还是比明朝的朱姓祖先更有先见之明。

所以,人生在世,不必过分计较一时的福祸得失,要用发展和辨证的眼光看问题。当身处逆境时不消沉,保持积极乐观的态度,树立"柳暗花明"的乐观信念;而当身处顺境时不迷醉,保持清醒的头脑,保持谨防"死于安乐"的忧患意识。这才是积极的人生处世态度!

六、毛遂自荐

春秋战国时期，各国贵族喜欢养门客。门客就是古人经常说到的"士为知己者死"中的"士"，属于当时贵族社会的一个阶层，是寄于贵族门下并为其服务的人。西周时期分封天下时，贵族阶层分为天子、诸侯、大夫、士四个阶层。诸侯是周天子分封的，大夫是诸侯分封的，士是大夫分封的。这四个贵族阶层中，只有士这个阶层没有土地，基本和庶民没有太大区别，不同之处是士拥有贵族地位。

据说，赵国公子平原君门下有三千门客，各行各业的人才都有。当然难免鱼目混珠，也混杂着一些无能的人。毛遂在平原君家里做门客三年了，这时候赵国遇到危难，国都邯郸即将被秦军包围，平原君准备去楚国求援，临行前要挑选二十名门客跟随。

平原君已经选好了十九名门客跟随，还有一个人选迟迟定不下来。这时候，毛遂走上前对平原君说："请带上我吧。"平原君问："你做我的门客多长时间了？"毛遂回答："三年。"平原君又问："那你做过什么比较突出的事情吗？"毛遂说："锥子被放进口袋里才能凸显出来。我这次请命就是请您把我放进口袋里。"于是，平原君就带上毛遂到了楚国。

平原君见到楚王，痛陈秦军残暴，救赵就是救楚的道理。但是，楚王心里害怕秦国，因为如果楚国去救赵国，以后必然会引来秦国的报复和攻伐。但这些话又不好明说，所以楚王迟迟不肯表态。从一大早一直到快日上三竿了，楚王都没有给平原君一个明确的态度。

毛遂等二十人本来在门口等候平原君谈定楚国出兵救援赵国后，就一起返回赵国。时间一长，毛遂感觉很奇怪，他大声对门口的守卫说："楚国出兵救赵国是三句话就能谈清楚的事情，怎么半天过去了还没有结果？请让我向楚王陈述。"守卫请示楚王后，请毛遂进入大殿。

毛遂上殿后走近楚王，大声说道："楚国出兵救赵国打击强秦，这事顺理成章，为何这么长时间还不能拿定主意？"楚王发怒了："我正在与平原君说话,你是什么人,竟敢如此无礼?"

毛遂说:"请让我说完三句话,大王再治我的罪也不迟。第一句:为抗击暴秦,平原君已拿出自己的全部家财分给城内的军士、百姓,连邯郸城内的妇女及未成年的孩子都已走向城头准备与秦军死拼。而楚国境内带甲勇士号称有百万,难道还不如赵国的妇女和孩子吗?第二句:秦国最近三次对楚国的用兵可谓对楚国极尽侮辱,第一战打下你们的国都,第二战烧了夷陵,第三战将大王家的宗庙都毁了。楚国不出兵邯郸跟秦军一决生死,难道是希望赵国替楚国报仇吗?第三句:我在大王面前无礼已是死罪,我愿为赵国拼上这条命,换取大王出兵邯郸的盟约,您楚国尽管带甲勇士达百万,但此时此刻也都不在您的身边啊。"

本来毛遂走近楚王时,楚王的护卫们也都慢慢围上殿来,以防毛遂对楚王不利。但听闻毛遂的话后,他们一个个眼睛中都怒火如炬,望着楚王有几许期待。楚王听了毛遂的话,豁然大悟,动容地说:"秦国确实是我楚国的世仇啊,我恨不得寝其皮、食其肉,感谢先生当面点醒我,否则我还在浑浑噩噩中。"

楚王立即与平原君定下盟约,尽发楚国的精兵援救赵国。最终,赵楚联军在邯郸城下大败秦军,造成秦军自商鞅变法以来最惨烈的一次军事失利。

清平点评:

毛遂自荐代表着一种积极面对问题的人生态度。两千多年前,毛遂如果不主动请缨跟随平原君去楚国,他照样可以衣食无忧地做他的门客。但是,他就不会青史留名。或许有人会问:如果毛遂跟随平原君去了楚国却没有建功立业，那岂不是更加没有面子？当然也就不会留下毛遂自荐这个成语。

但是，毛遂只有跟随平原君去了楚国，才有建功立业的机会，才有展示自己才华的机会。所以说，毛遂在面对难题时不退缩，而是迎难而上，才给自己创造了机遇。然后，凭借自己的才华与智慧完成了使命，不仅拯救了自己的国家，还得以青史留名。

在现实生活中，我们经常会遇到各种难题。通常情况下，一个难题会存在不止一个解决方法，也即所谓的"办法总比困难多"。所以说，当遇到难题时，应该把它当成机遇，利用自身的勤奋与才华设计出各种解决问题的方法，经过一次次的尝试，最终解决问题。这才是年轻人应该具有的积极的生活态度。

在这里给大家介绍一下"磨刀石心态"。遇到难题时，就抱怨：难题怎么来找我了？赶快想方设法躲避。这是不可取的消极态度。积极主动的心态是：把这个难题看作是来帮助自己成长的磨刀石，它会把自己打磨得更有战斗力，要认真解决这个难题。

读者朋友们，你们目前的生活中如果遇到了什么难题，请用毛遂自荐的心态来对待它，把这些难题当成磨刀石，仔细想想有什么好办法能解决这些难题？可以与朋友、父母或者老师商量。

秦始皇，名嬴政，统一六国前，他励精图治，识贤任能。从其历史贡献上来说，他是位英明神武的君王。下面通过几组小故事让读者认识一个真实的秦始皇。

第一组小故事是郑国渠间谍案和李斯谏逐客令。郑国是韩国著名的水利工程专家。当时，韩国军队无法抵御秦国的进攻，韩王就派郑国去秦国当官，让他建议秦国修建大型水利工程。这样一来，秦国就没有更多精力和军事实力进攻韩国了。韩国称这个计策为疲秦之计。

果然，水利专家郑国的建议得到秦国的大力支持，于是全长120多公里、动用十万民夫的大工程郑国渠就开始了。在工程即将完成时，韩国的这个疲秦之计被秦王嬴政知道了，就要治郑国的罪。郑国对秦王嬴政辩解："虽然这个工程的原意是要增加秦国的负担，以削弱秦国进攻韩国的军事实力。但是，这个工程推行多年下来，反而大大提升了秦国的农业生产力，增强了秦国东向进攻六国的实力。这个事实大王您是了解的啊。"

秦王嬴政仔细考量了这个事情的来龙去脉，认为郑国说的是实情。于是对郑国说："我知道了，你尽管继续完成这个工程，工程完成的好不仅不会治你的罪，还会有奖赏。"于是，郑国得以完成这个当时关中地区最大的水利工程，功在当代，利在千秋。

郑国是韩国派来的间谍一事败露后，秦国内部掀起了一股不信任他国人到秦国来做官的风潮。以至于秦王嬴政下达了逐客令，"客"指客卿，也就是当时到秦国来做官的他国人。这个法令要求这些客卿都离开秦国，不能再在秦国做官。

当时，李斯也在被驱逐的客卿之列，但是他坚持认为秦王的这个法令非常不妥当。于是，他上书嬴政，列举由余、百里奚、商鞅、张仪、范雎都为秦国立下不世之功，而他们都不是秦国人；他还特别指出，高端人才对任何国家都是稀有资源，逐客令让高端人才远离秦国而流向其他六国，而且以后别国的高端人才也都不会到秦国来了，秦王嬴政下达这样的法令实际上是在帮助其他六国。

秦王嬴政看到李斯的《谏逐客书》后，立刻意识到自己的错误，马上取消了刚刚发出的逐客令，使得各国客卿可以继续留在秦国做官，并且还给李斯升了官职。从这一组小故事可以得出结论：秦王嬴政在国家的内政管理方面能够听取不同意见，能清晰分辨忠奸贤愚、政令的正确与否，而且一旦有错误马上改正。这对一个君王来说，实属难能可贵。

第二组小故事是王翦灭楚国和白起被赐死。秦王嬴政问王翦说："灭楚国需要多少兵力？"王翦答："需要六十万。"而另一位将领却说："只要二十万就够了。"秦王嬴政命他领兵二十万去消灭楚国，结果大败而归。于是，秦王嬴政再次请王翦出马，王翦还是坚持需要六十万兵力，秦王嬴政答应了。结果这次王翦成功灭掉了楚国。

秦国历史上还有一位名将也遇到类似情况，那就是白起。白起当时力劝秦昭王嬴稷乘长平之战胜利的余威，迅速进攻邯郸，灭掉赵国。秦昭王没有同意。过了一段时间以后，秦昭王请白起再次领兵进攻邯郸灭赵，但是白起却说："大王，灭赵最好的时机已经失去了，现在的赵国已经是上下同心，决心找秦国报仇雪恨。此时去攻打赵国，反而非常有可能遭遇失败。"秦昭王不听，另派其他将领带兵灭赵。结果不出白起所料，秦军遭遇前所未有的大败。秦昭王恼恨白起，竟然将他赐死。

对比王翦的善终和白起的惨死，可以看出嬴政对领兵武将的态度还是非常豁达和大度的。所以，在嬴政领导下的秦军内部优秀将领层出不穷，为最终统一六国打下了坚实的基础。

第三组小故事是蒙恬、蒙毅兄弟同时受到信任并被重用。蒙恬、蒙毅是亲兄弟，他们的父亲蒙武是王翦灭楚国时的副将。哥哥蒙恬带兵三十万进攻匈奴，同时弟弟蒙毅在朝中官拜上卿，是秦王嬴政的近臣。如此任命历来是君王的大忌，因为如果两兄弟内外联手，非常容易发生叛乱。但是，嬴政对他们兄弟二人信任有加，绝对"用人不疑"。

综合这几组小故事，可以看出，嬴政在内政管理、统帅武将、识贤任能方面确实有非比寻常的过人之处，统一六国的大任落到他的身上是历史的必然。

嬴政统一六国以后，不仅统一了文字、文化风俗、度量衡标准、车轴宽度等，还在全国推行郡县制，废除西周以来的分封制。嬴政认为自己的功劳超越了之前所有的王，因此，他要立一个全新的尊号。于是，他从三皇五帝中各取一个字，组成"皇帝"。嬴政是中国历史上第一个称"皇帝"的统治者，秦朝是中国封建社会上第一个大一统王朝，所以他又被称为"秦始皇"。

清平点评：

在历史上，秦始皇的一系列作为对整个华夏民族的大一统，对整个中国版图的确立都起到至关重要的作用，他堪称千古一帝。秦灭楚国后，又就近降伏了越国君王，在今天浙江一带建立了会稽郡；后来在广西开凿连通湘水和漓水的34公里长的灵渠，打通了湘江和珠江的水系，使秦军粮饷源源不断地运到岭南，前前后后用了五年时间把整个岭南并入秦朝版图，这在历史上也是首次。

不仅如此，秦始皇还决定打通西南，并开凿了一条从今四川宜宾通往云南滇池一带的栈道。因地势险要，道路仅宽五尺，故名五尺道。后来，他还在四川设立了蜀郡。从此，西南地区密切了与内地的联系，并逐渐发展成为了中国这个统一多民族国家的一部分。

但是，如此大量的、对后世意义重大的全国性工程，在仅仅延续15年的秦朝里集中完成，这就使得老百姓不堪重负了。特别是万里长城的修建，全国驰道的畅通等工程，还有规模宏大的皇陵建设、阿房宫建设，更是让民间百姓的承受能力达到了极限。

更糟糕的是，秦始皇晚年又迷信长生不老，还曾亲自到海边求仙，甚至派人到海里去寻求长生不老药。现今秦皇岛市的命名就和这一史实有关，那里现在还有纪念其寻仙入海的景点。这一切行为不仅过度耗费民力，还支出了大量钱财，引发了秦末农民大起义，最终直接导致了秦朝的灭亡。

八、世说新语三则

《世说新语》是魏晋南北朝时期玄学笔记小说的代表作，是一部主要记载汉末至晋代士族阶层言谈轶事的小说，作者是南朝刘义庆。下面就简单讲述其中三则故事。

《杨氏之子》讲述了南北朝时期，梁国一户姓杨的人家中，一个聪明的九岁男孩的故事。有一天，孔君平来杨家拜访，恰巧家里大人都不在，只有九岁的男孩在。男孩请教孔君平先生大名后，请孔先生入座等父亲回家，然后端来了水果招待他。孔君平看到水果中有杨梅，便拿起一颗跟男孩开玩笑地说："杨梅就是你家的水果呀。"男孩马上回答："我怎么没听说过孔雀是先生您家的鸟啊？"（注：杨梅与杨姓同字，孔雀与孔姓同字。）

《陈太丘与友期》说的是陈太丘七岁儿子的故事。陈太丘和朋友约定了正午一起外出，结果朋友过了正午还没到，陈太丘就一个人走了。他刚走没多久，朋友到了。这时，陈太丘的儿子陈元方正在家门口玩耍。朋友从陈元方那里得知陈太丘已经走了，非常生气，就骂陈太丘。陈元方反驳说："是你自己不守时，竟然还骂人，真是无信无礼的人。"朋友听了，非常惭愧，走下车来拉陈元方，陈元方头也不回，走进了自己家的大门。

《咏雪》说的是谢安的侄女谢道韫的故事。在一个寒冷的雪天，谢安一家乘兴聚会，谢安和侄子侄女们一起谈论诗文。这时候雪越下越大，谢安兴致大发，说："白雪纷纷何所以（这纷纷扬扬的白雪像什么呢）？"有人说："撒盐空中差可拟（把盐撒在空中差不多可以相比）。"谢安的侄女谢道韫说："未若柳絮因风起（不如说是柳絮随风舞动的样子）。"谢安听了非常高兴，认为谢道韫的才华不比男孩子差。

谢道韫长大后嫁给了王羲之的次子王凝之。婚后不久，谢道韫回娘家，整天闷闷不乐。谢安非常奇怪，就问："王家也是著名的世家大族，名声与咱们谢家不相上下。王凝之也是有才学的人，你为什么不开心呢？"谢道韫说："他确实仕途顺利，书法甚至不亚于他的父亲，但是他过于迷恋道教，对做具体事情毫不上心，这不得不让人担忧啊。"

几十年后，东晋末年，多地爆发农民起义，王凝之已经官至会稽内史，是非常大的官了。但迷恋道教的他并不积极备战，而是闭门祈祷道祖保佑。此时，谢道韫的外孙都已经三岁了，她苦心劝说丈夫，王凝之一概不理。谢道韫只好自己招募了数百个家丁天天训练。

后来，农民起义军毫不费力地冲进会稽城，王凝之和他的子女全部被杀。谢道韫目睹丈夫和子女惨状，手持兵器带着家里女眷与起义军搏杀，终因寡不敌众被俘。起义军首领早就知晓谢道韫的才华，如今见她毫不畏惧，顿生敬仰。所以非但没有杀死她和外孙，反而把他们送回会稽城。从此，谢道韫寡居一生，写诗作文，足不出户。谢道韫后半生写了不少诗文，汇编成集，流传后世。

清平点评：

我们在赞叹八九岁的孩子聪明才智的时候，却也未免感慨魏晋时期兴起的清谈之风影响如此深远，连孩子们都深受其影响。在当时，清谈就是辩论演讲，指就一些玄学问题析理问答、反复辩论的现象。参与其中的人往往都口舌伶俐、反应迅速，和上文中的杨氏之子、陈太丘之子颇有几分相像。当然这里并不是说杨氏之子、陈太丘之子所作所为不正确。

清谈一开始兴起的时候，曾短暂地涉及时事和朝政。但紧接着由于现实的严酷，名士们不敢妄谈国事，不敢轻言民生，专谈老庄、周易等玄学。而且在清谈的过程中，他们并不在乎真理是什么，只是尽情享受清谈的过程。

如果热衷于清谈的名士们都心甘情愿做山谷竹林间的闲散隐士，那确实问题不大。但当这种社会现象流行开来，这些名士们在社会上的名气变得很大，开始涉足政坛，有的甚至居于朝廷高位，结果造成清谈误国的悲剧。这种现象甚至连著名才女谢道韫都看不下去了，只好自己亲自动手训练家丁。

再举一例，西晋的清谈名士王衍多年来担任了朝廷多个要职，许多在仕途上的年轻人争相效仿他，都专注于伶牙俐齿的口头功夫，而不专注于真实的工作能力。更糟糕的是，众人敬仰的王衍式的浮华作风，竟然成为当时的时尚潮流。

然而，王衍却身在其位不谋其事。当胡人入侵时，他身居太尉的军职高位，却带领十万士兵做了胡人的俘虏。胡人首领和他深入沟通后，立刻意识到正是王衍这类人造成了西晋的灭亡，于是，立刻就杀了他。然而，之后的东晋依旧不吸取教训，对清谈活动深爱有加。从此，东晋也一步步走入没落。所以说，两晋的统一局面维持得非常短暂的原因之一就是清谈误国。正所谓"空谈误国，实干兴邦"。

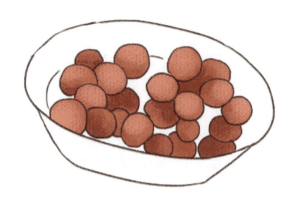

九、玄奘取经

唐朝初年，玄奘法师长途跋涉、远赴印度取佛经的故事，在明末被编成章回体小说《西游记》而深入人心。所以，唐僧取经的故事家喻户晓，唐僧师徒四人的形象人人皆知，而唐僧的原型就是玄奘。

其实真实的唐僧在取经途中遭遇到的何止是九九八十一难。贞观元年（公元627年），玄奘从唐朝首都长安出发，历时数年才到达西行求法的目的地——那烂陀寺。途中玄奘的许多徒弟和追随者都不幸丧命，未能跟随玄奘到达终点。

那烂陀寺是当时印度的文化中心，是印度规模最大的寺庙。玄奘在那烂陀寺学习五年，期间他的足迹几乎遍及全印度，后来他又返回那烂陀寺，为寺内众僧讲解佛典，名声大噪，赢得了极大的荣誉。公元643年，玄奘谢绝了那烂陀寺众僧的挽留，携带600多部佛经，用整整两年的时间回到了阔别已久的首都长安。玄奘一来一往的整个行程共约5万公里，前后历时共18年。此举堪称前无古人后无来者，玄奘取经是一次艰难而又伟大的历程。

玄奘回到长安后，受到盛大欢迎。唐太宗也命令宰相组织了庞大的翻译团队，协助玄奘翻译佛经。玄奘回国后在世的19年里，共翻译出佛经70多部。后续的翻译工作由他的弟子接力帮他继续进行。

玄奘取经这件事对后世而言意义重大。印度方面后来由于宗教战争的侵袭，许多著名的佛寺、著作都毁于战火，其中最为著名的那烂陀寺也被毁掉了。这些毁坏使得印度历史上产生了一个文化断代，甚至可以说是一个历史断层，中间某一部分历史没有任何史料佐证，多年以后更是几乎没有任何痕迹可循了。

反倒是由于玄奘取回的佛经被翻译并在中国得以传世，这无意间帮助印度还原了那个年代的某些历史片段。这个历史功绩是当初玄奘取经所意想不到的，属于无心插柳柳成荫。这也是玄奘对世界文化的一个巨大贡献。

玄奘是研究中国传统佛教的伟大学者，又是继承印度正统佛教的集大成者。在中国佛教历史上，玄奘结束了一个旧时代，同时开辟了一个新时代。玄奘在世期间翻译的经书，占整个唐代译经总数的一半以上，而且他翻译的经书在质量上大大优于前人。这都得益于玄奘深厚的佛学修养和渊博的学识。玄奘不畏生死，西行取佛经，也是普度众生的真实事迹。

公元664年二月五日半夜，玄奘圆寂。公元669年，唐朝改葬玄奘在大唐护国兴教寺，以示朝廷对玄奘一生所作贡献的肯定与褒奖。

清平点评：

明代小说家吴承恩基于玄奘的事迹，创造了西行取经的唐僧师徒四人形象，并取材于以前的《封神演义》等神话传说，创作了不朽巨著《西游记》。吴承恩把这个总行程约5万公里、前后共历时18年的过程进行了神话演绎，让神仙来保护人、帮助人完成如此艰巨的取经任务。

西行取经团队中的最坚定者是唐僧，他是个普普通通、肉眼凡胎的人，他的四个跟随者——孙行者、八戒、沙僧、白龙马则都是具备相当神通的、犯了错误被贬被罚的神仙。孙行者更是当年大闹天宫的美猴王，神通广大，法力无边。但是，他也必须接受唐僧的领导，在西行取经途中经历九九八十一难。

这正是千百年来中华文明的思想传承：人比神仙重要。妖怪要多年修行才能成仙，人即便修炼成仙，也会向往人世间的平凡生活。这和盘古开天地故事中蕴含的是人而非神来创世的根本思想暗合。

整个《西游记》中,各神仙的广大神通都充满了作者无穷无尽的想象力。有些神通现在已经变成了现实。比如腾云驾雾、筋斗云,现代已经有了飞机这样的交通工具;千里眼、顺风耳,现在已经有了手机这种可以视频、语音的通讯设备;念着避水诀可以深入海底龙宫,现在已经有了可以深入海底的潜水艇。明朝末年,吴承恩就有如此天马行空的想象力,中国古人的聪明与智慧真是无与伦比。

十、熟能生巧

熟能生巧出自北宋著名文学家欧阳修的寓言故事《卖油翁》。北宋初年，社会上还存在比较浓厚的尚武之风。文人墨客们大都非常喜欢习武射箭，所以说当时的读书人大都文武双全。《卖油翁》里的陈尧咨就是其中的一位。

陈尧咨善于射箭，世上没有第二个人能与他相比。有一天，天气晴朗无风，他在家里的场地练习射箭。有个卖油的老头放下担子，站在那里斜着眼睛看着他，过了很久，卖油的老头看他射出十箭能射中八九箭，就站在那里微微点头。

陈尧咨问卖油的老头："老人家您也懂得射箭吗？"老头笑着说："没有什么奥妙，不过是手法熟练罢了。"陈尧咨有点生气，说："你怎么敢轻视我的射术！"老头说："你别生气，我是凭我倒油的经验才懂得这个道理的。"

于是，老头拿出一个葫芦放在地上，把一枚铜钱盖在葫芦口上，然后用油舀子把油倒入葫芦。只见油呈一条细线进入钱眼。等油加满后，老头把铜钱取下给陈尧咨看，铜钱干干净净，连一滴油都没有沾上。老头说："我这也没有什么奥秘，只不过是手法比较熟练而已。"陈尧咨笑着将老头送走了。

北宋初期的文人喜欢骑马射箭，追求文武双全。但到了北宋中期，重文轻武的风气在社会上开始盛行起来。《卖油翁》的故事就是用老翁往葫芦里倒油时的高超技艺来说明习武射箭也没有什么大不了的，只是手法熟练罢了。用现代人的观点来看，这实在是大失偏颇啊。因为习武之风对于民族血性的保持与培养是异常重要的。

随着北宋中期重文轻武风气的盛行，再加之宋朝有意无意地压制军人的社会地位，甚至于后来产生了一些非常歧视军人的规定，如军人不得参与科举等，如此种种，长此以往，优秀人才怎么可能会走上从军之路？更不必说，这样充满歧视的举措大大扼杀了汉唐以来华夏民族的血性。

清平点评：

  孔子的"修身、齐家、治国、平天下"，孟子的"君为轻，民为重"的儒家思想一开始是豪情万丈、以天下为己任的。但是，宋朝中后期，文人士大夫阶层开始从为平民百姓、国家民族发声而逐步发展为只为自身利益阶层发声，甚至有时不惜牺牲国家和民族的利益。这就是封建时期文人士大夫阶层的局限。

  这一历史局限性可以从北宋名将狄青一生的遭遇中看出些许端倪。狄青手下有一员猛将被告发，当时的宰相不去核实具体情况却要迅速杀掉他。狄青非常震惊地说："这是个能阵前杀敌的好男儿啊，不可轻易杀掉这样的猛将。"宰相取笑他说："金榜题名中进士才是好男儿呢！"这句话包含两层意思：一是宋朝军人都没有考进士的资格；二是男人应该走科举之路，好男儿都不当兵，或者说当兵的都不是什么好人。结果，宰相当着狄青的面杀掉了这员猛将。

  当狄青官至枢密使，职位和宰相相当时，他不禁说出一句话："我和宰相就差一个进士及第罢了。"这显然是对当年宰相取笑军人那句话的反击。但就是这句话，招来了当朝当权文臣们对他的集体刻意打压，这里面最著名的领袖人物就是欧阳修。

  狄青最后被贬出中央到地方任职，他郁郁寡欢，四十九岁就去世了。由此可见，宋朝是中华文明、文化发展的顶峰，诗词歌赋、书法绘画的成就都远远高于前朝；但是，文人阶层的过度发展，竟然使得朝廷出台军人不得科举之类的弊政，甚至文官为了自身仕途，竟然压制武将的仕途之路。狄青就是最典型的受害者。

而欧阳修作为当时文坛的领袖，其影响力是非常大的。他写"卖油翁熟能生巧"这样一篇小小的文章，把对骑马射箭熟练的人归结为"无他，唯手熟尔"，这里面含有浓重的重文抑武的意味。

所以说，科举制发展了四百多年，曾经以天下为己任的文人阶层已经开始习惯从自身利益阶层出发创作相关内容的作品，这一点可能欧阳修那个时代的文人没有意识到。这越来越让文人这个群体脱离了整个社会的总体价值，甚至于到明朝后期、再到清朝，文人阶层变成了精致的利己主义者的阶层。

而唐朝则完全不同，不仅设有文状元，还设有武状元。安史之乱后，挽救唐朝的就是武状元出身的一批将领，这里面最优秀的代表就是郭子仪。尽管宋朝也有武进士的类似设置，但在宋朝重文轻武的大潮下，根本无法产生郭子仪这样的名将，以至于最后发生靖康之难。

人必先自辱而后人辱之。宋朝如此压制军人这个群体，如何产生卫青、霍去病这样保家卫国的良将？又如何能有李靖、李勣这样的为国家开疆拓土的良将？所以说，整个宋朝的版图拘于中原加江南一隅，始终未曾收复燕云十六州，这是历史的必然。如此长久下来，以至于整个宋朝血性所剩无几，最终消亡于北方游牧民族之手。当时的文人士大夫阶层无形中导致了这个历史的必然。

十一、毕昇与活字印刷术

汉朝人蔡伦发明了纸张后，知识和文化的传播便利了很多。因为在纸张被发明出来之前，书的载体要么是沉重的竹简，要么是昂贵的丝帛等，不利于思想、知识、文化的传播。而纸非常轻巧、便宜，纸的发明助推文化传播第一次进入了快车道。

后来，人们受到印章等事物的启发，开始把字反刻到一整块木板上，涂上墨，再把这一整块木板放在平铺的纸上，从而印出一页书来。这就是雕版印刷。

纸张发明大概八九百年以后，北宋的毕昇又发明了活字印刷术。具体起因是雕版印刷有一个比较大的缺点：整块板上如果不小心刻错了字，整块板就要全部作废，需要重新再刻。当时，毕昇为了解决这个问题，就把板上的单个错别字挖下来，然后找个大小类似的小木块刻好字后再回填到板上。

久而久之，毕昇想：如果整块板子是由一个一个的字组成的，印哪些字就随意组合哪些字，那不是更加方便吗？于是，毕昇以胶泥为原料做成一个一个规格一致的小毛坯，在毛坯的一面刻上反体单字。字的笔画突起的高度像铜线的边缘一样厚，再用火烧硬，这样单个的胶泥活字就制成了。

印刷前，根据书的内容进行捡字、排字，排字时，用带框的铁板做底托，以尽量保持字面一面在同一个水平面上。整个框按书的内容排满字后，就完成了一个版面的制版。印刷的时候，只要在版面上刷上墨、覆上纸，加一定的压力就行了。毕昇还用过木质的活字来印刷，但木质纹理疏密不均，刻制困难，另外沾水或墨后容易变形，所以，最后他还是选用胶泥活字，舍弃了木质活字。活字印刷术的发明助推文化传播第二次进入快车道。

北宋距今将近一千年，现代的凸版印刷，虽然在设备与技术上是毕昇的时代无法比拟的，但是基本原理和方法却几乎相同。活字印刷的发明为人类文化作出了重大贡献。毕昇作为中国的平民发明家，是非常值得我们尊重并铭记的。

近十年以来，互联网的快速发展，使得文化的传播渐渐地脱离纸媒，电子类文化产品的产值已经逐渐超过纸媒文化产品的产值。笔者认为，在不远的将来，移动互联网将助推文化传播第三次进入快车道。

但就在此时，移动互联网上也产生了大量的不健康内容，甚至刻意地传播与中国传统文化完全相悖的内容，这对一个拥有五千年悠久历史的大国而言，绝对不是什么好事。国家应该逐渐地规划自己的文化战略，在互联网的环境下，助推中华文明再次走向辉煌！

清平点评：

中国的传统文化一直比较注重政治、军事、农业等领域，对商业和手工业者不是非常关注。商业从业者就是现代意义上的商人，手工业者就是现代意义上的技术工作者。从北宋中后期以来，商业和手工业者创造的社会产值越来越大，已经远远超越了农业。但是，封建统治者却从根本上不重视商业和手工业，这两个行业从业者的社会地位也非常低。

毕昇创造活字印刷术的事迹被比较完整地记录在了北宋著名科学家沈括的名著《梦溪笔谈》里，后世的人们才知道历史上曾经有毕昇这位发明家。纸张和印刷术是中国古代四大发明之中的两项，对世界文明进步和人类文化发展作出了重大贡献。这是让整个中华民族都引以为傲的。

数千年来，中国传统的手工业大多数一直以师傅带徒弟的方式在民间一代又一代地传承着，只有专门供应皇家使用的丝绸、瓷器等，分别在苏州、景德镇等地设有官方的管理机构。18～19世纪工业文明的到来，专业高效的生产机器打破了这种传承和生产方式，也彻底改变了中国传统手工业的发展方式。发明专利、知识产权等概念被逐渐引入中国，开始被中华文明接纳并发扬光大。从此，古老的中国文明开始焕发出新的活力。吐故纳新，破旧立新，这是中华文明数千年长盛不衰的根本原因。

十二、黄道婆与乌泥泾被

黄道婆是宋末元初松江府乌泥泾镇（今上海市徐汇区华泾镇）人，著名的民间纺织专家、纺织技术改革家。

黄道婆出身贫苦，少年时即被卖为童养媳，受尽婆家的非人待遇和封建压迫。南宋末年，战乱频繁，蒙古兵屠杀全城老百姓的事情传得满城风雨，造成了南宋末年老百姓的极大恐慌。黄道婆也受到这些传言的影响，为了躲避战乱和家庭压迫，她偷偷地跟随商船来到了崖州（今海南岛）。

尽管她在崖州举目无亲，但她非常勤劳、善良，逐渐被当地人接纳。她就以道观为家，与当地百姓一同生活、劳作。黄道婆从小酷爱纺织，她认真地向当地人学习使用种植棉花和纺线织布的各种工具，并逐步掌握了织布、织被子的方法。她这一待竟然将近三十年，自己也从一个不谙世事的小姑娘变成了一位两鬓斑白的纺织能手。

元朝初年，社会逐渐平定下来。年迈的黄道婆非常想念自己的家乡，于是怀着落叶归根的想法，她道别了自己的第二故乡崖州，回到了家乡乌泥泾镇。

黄道婆回到了家乡，乡亲们见多年未见的她竟然还活着，喜出望外，都非常欢迎她回来。黄道婆也把在崖州学习到的纺织技术毫无保留地传授给了乡亲们。

按照黄道婆的方法纺织出来的布匹非常结实、漂亮，各家各户的大姑娘、小媳妇纷纷向她学习，都努力争取变成纺织高手。黄道婆还根据自己多年的纺织经验，和乡亲们一起改进了当时的纺织器械，还发明了一些实用的小工具以提高织布的各生产工序的效率。在黄道婆的带动下，当地的纺织业水平大大提高了。

乌泥泾和松江一带的人们迅速掌握了先进的织造技术，采用了先进的纺织工具，并在此基础上将纺织工艺发扬光大。当地百姓的收入大大提高，生活也得到极大改善。人们对黄道婆充满了感激之情。一时间，"乌泥泾被"（一种以当地的织布方法制作的被子）的名声不胫而走，相关的织布技术也在长江两岸的百姓间得到广泛传承。当时的太仓、上海等县都加以效仿。这一带的棉纺织品色泽丰富，样式繁多，纺织业呈现出空前的盛况。

黄道婆回乡后仅仅活了四五年就去世了，她去世后没多久，松江府就成为当时全国最大的棉纺织中心，松江布有"衣被天下"的美称。松江人民感激黄道婆的恩德，为她立祠，这些祠被称为先棉祠、黄母祠，每年四月都有很多当地百姓前来祭祀。在黄道婆的故乡乌泥泾，至今还在传颂着有关她的民谣：黄婆婆，黄婆婆，教我纱，教我布，两只筒子两匹布。

黄道婆的事迹经过一代又一代人的口口相传，今天的人们也得以了解她当年给家乡人民作出的巨大贡献，至今家乡人民还在感激她、纪念她。

清平点评：

黄道婆是我国棉纺织业的先驱，13世纪杰出的纺织技术革新家。民间老百姓出于淳朴的感恩思想，一直传颂着有关她的故事和民谣。

士、农、工、商是中国古代的四个阶层，用现代的话说，就是把社会分成四类人，然后分别进行管理。士就是做官的人；农就是从事农业生产的人；工指手工业者，也就是各类技术工匠；商就是经商的人。这四类人群的排序同时也代表了他们的社会地位的排序。所以在封建历史中，手工业者和商人的地位都非常低下。

北宋中后期，手工业者和商人这两个群体创造的社会财富越来越大，早就超越了农业生产带来的社会财富。黄道婆的事例就充分说明了这一点。她通过纺织技术帮助家乡人民提高收入、改善生活，而不是依靠农耕技术来做到这一点。

黄道婆是我国古代劳动妇女中勤奋、聪明、慈爱、无私的杰出代表，正是她无私地倾囊传授纺织技艺，才促进了新型纺织技术的快速传播，她的名字和功绩将永远留在广大人民的记忆中。

圆明园坐落在北京西部海淀区,与颐和园相邻,始建于1709年。在清朝五代皇帝150多年的统治期间,汇集了大批奇珍异宝,役使了无数能工巧匠,倾注了千百万劳动人民的血汗,把圆明园营造成一座规模宏伟、景色秀丽的离宫。圆明园堪称万园之园。

1840年,第一次鸦片战争失败后,外国商人贩运至中国的鸦片数量失去了控制,大大加剧了清朝内部各阶层的矛盾。不久之后的1851年,爆发了金田起义,即太平天国运动,起义军迅速席卷了南方十几个省份。此时,英法等列强趁机要挟清政府,提出鸦片贸易全面合法化,中国全境开放通商,所有进出口关税全免等极端苛刻的要求,被清政府拒绝。1856年10月,英国炮轰广州,挑起了第二次鸦片战争。

1860年10月6日,英法联军占领圆明园,入园第二天,列强们就无法抵抗园内珍宝的诱惑,军官和士兵们都冲上前去抢劫园中的金银财宝和艺术珍品。因为园内珍宝太多,他们一时竟不知道该拿什么好。为了抢夺财宝,甚至还发生了械斗。

有一个绰号叫"中国詹姆"的英军二等带兵官,就是因为从圆明园内窃走两座金佛塔及其他大量珍宝而得到这个绰号。当时,他一共找了七名脚夫替他将掠夺的财宝搬回军营,这些财宝让他享用终生。

侵略者在圆明园除了大肆抢掠之外,更糟蹋了不计其数的宝物。他们将无法搬走的东西全部砸烂甚至捣碎。10月9日,英法军队暂时撤离圆明园时,这座万园之园已经满目疮痍,完全不成样子了。

为了毁灭证据,英军指挥官在10月18日下令,将圆明园付之一炬。英军士兵被分派到各个宫殿、宝塔和其他建筑中放火。园内数百名太监和宫女被烧死。损失尤为惨重的是清朝的国家图书及档案馆(指园内的文源阁),约一万零五百卷图书档案,包括有关中国历史、科技、哲学及艺术之最为稀世的著作,都被大火吞噬了。大火数日不灭,最后失去控制，附近的清漪园、静明园、静宜园、畅春园甚至海淀镇都被烧成一片废墟。

粗略估计，圆明园被掠夺的文物数量约有一百五十万件。上至中国先秦时期的青铜礼器，下至唐宋明清历朝历代的名人书画和各种奇珍异宝。圆明园现在仅存建筑遗址，国家已经在原址建立圆明园遗址公园。

火烧圆明园无疑是世界历史上最为恶劣的文化毁灭行动。法国人当时就指出：这就如同卢浮宫和法国国立图书馆同时被毁。在所谓的欧洲"文明国家"间，此类文化毁灭行为在战争期间都是不可能发生的。但中国显然未被包括在这一道义原则之内。100多年以来，中国人没有忘记这个教训，它至今仍让人警醒。落后就要挨打，这个弱肉强食的规律一直都存在着，它并不以善良的中国人民的意志为转移。

清平点评：

圆明园被毁灭的表面原因是侵略者的坚船利炮打败了中国的大刀长矛。其实中国从明朝戚继光时代起，对火器的运用就已经独步天下了，在早于戚继光两百年前就有郑和下西洋，中国人还是火药的发明者和最早使用者。但是在戚继光和郑和之后几百年，中国为何会败于西方的坚船利炮呢？

不得不说是传统文化中的糟粕影响了封建统治阶级关于科学、技术对社会变革带来巨大推动力的判断。中国多年的传统文化一直贬低手工业者和商人，对职业的排序是士、农、工、商。正史记载更是偏重士、农，工和商都不入流，鲜有记载。

但是，随着近代科学技术的进步，手工业者越来越能创造出新的社会价值。比如，我们前面刚刚讲到的毕昇和黄道婆，他们对文化的传播、对纺织工艺的推进都有不可磨灭的贡献，但他们在正史中几乎没有被记载，哪怕是只言片语。

现代社会是个科技社会，科学发明被歧视为民间"奇技淫巧"的年代一去不复返了。2017年12月，《世界知识产权指标》报告显示，中国国家知识产权局受理的发明专利申请量超过130万件，超过了美国、日本、韩国以及欧洲专利局的总和。这说明，中国已经成为一个知识产权大国，中国正在逐步成为全球创新和品牌方面的引领者之一。

有研究表明，筷子既可以锻炼手的灵活度，更可以从小锻炼大脑，提前开发智力。中国使用筷子的历史至少有三四千年了，所以中国人一直是比较聪明的。然而，就是这么一个优秀的民族，在近代历史上却故步自封，落后于时代的脚步了。而且，就在这么一个落后的当口，有人大量地向中国倾销鸦片，让大量中国人变成面黄肌瘦的瘾君子，甚至被送外号"东亚病夫"。这个耻辱国人应该铭记于心。

历史就是历史，它已经过去了。但研究历史，可以知兴衰。在新的科技时代，国人当自强。

1929年10月15日，董存瑞出生于河北省怀来县。13岁时，他因掩护区委书记王平躲过日军的追捕，而被誉为当地的抗日小英雄。以后王平每次来董存瑞家乡附近从事敌后对日作战工作时，都会住在董存瑞家里，这期间王平给他讲了许多战斗故事，两个人结下了深厚的友谊。

一次，王平到其他地方开会，开完会后当晚就住在当地的一个村子里。未曾想他被坏人出卖，被包围在屋里，最后壮烈牺牲。董存瑞听到这个消息，悲愤不已，毅然加入了革命队伍，并于1947年3月加入了中国共产党。

董存瑞从小就是儿童团骨干成员。在以董存瑞的事迹为原型拍摄的电影《董存瑞》里，下面几件事情真实记录了董存瑞在军队里训练、学习、成长的历程。

第一件事是在董存瑞当儿童团团长期间，听王平给他讲各种战斗故事。王平问他："为啥长大了想当兵？"董存瑞回答说："在部队有饭吃，穿着军装很神气，回到家乡在乡亲们面前觉得很有面子。"王平告诉他："当兵是为了解救全天下的受苦人，让他们都过上好日子，而非仅仅为了自己吃饱、穿暖、撑场面。"董存瑞似懂非懂地点点头。

第二件事是王平同志牺牲了之后，董存瑞非常悲痛，决心参军入伍为他报仇，部队接收了他。枪支、子弹发下来之后，部队开始行军。行军途中，董存瑞摸着自己瘪瘪的子弹袋，看着别人鼓鼓囊囊的子弹袋，一边走一边心中暗自生气。

原来，董存瑞这次只领到十发真子弹，其他的全是小树枝削成的假子弹。于是，他终于忍不住跑去连长处告状说："部队欺负我们新兵，只给我们极少的子弹，而其他老兵的子弹袋却是满满当当的。"连长和指导员哈哈大笑，他们把自己的子弹袋解下来，让董存瑞查看。董存瑞一看，连长、指导员也只有十发真子弹，其他都是木头做的假子弹。他当场羞红了脸。连长、指导员笑着说:"我们用木头子弹来欺骗敌人,没想到却把董存瑞骗得好苦。"

第三件事是在第一次接触到敌人的实际战斗中,董存瑞一次性把十发子弹全部打光,结果冲出阵地晚了,没有任何缴获。同时参军的战友还缴获了一把马刀呢。其他的老兵基本都是打了三四发子弹,就冲出阵地,奔向敌人,展开肉搏战。不仅消灭了敌人,降低了自身弹药消耗,还缴获了较多的战利品。

在战后的总结会上,董存瑞认识到自己作战技术的不足,决心虚心向班里的老兵学习。于是,他的思想水平、作战技能都在短期内得到了很大的提高。

1948年5月25日,在解放隆化县城的战斗中,部队受阻于敌方军队的桥型暗堡。董存瑞作为爆破组成员,他抱起炸药包冲至桥下,此时他左腿已经负伤。但桥下根本无处安放炸药包,董存瑞内心十分焦急,他眼睁睁看着桥型暗堡里的六挺机关枪喷出的火舌不断地吞噬着战友们的生命,心痛不已。于是,董存瑞毅然决定用自己的身体充当支架,手托炸药包,完成了爆破任务。他当场牺牲,那时他还未满19岁。

解放隆化县城的战斗结束后,兵团司令员程子华视察隆化中学时,看到队伍里的许多战士都在流眼泪,感到很奇怪,他就问战士们:"打了胜仗为什么还要哭?"结果战士们哭得更厉害了。

战士们向司令员讲述了董存瑞的壮举后,身经百战的程子华将军也泪流满面。1948年6月8日,董存瑞被追认为模范共产党员,他生前所在的6连6班被命名为"董存瑞班";同年7月,隆化中学改名为董存瑞中学。1950年,董存瑞被追认为全国战斗英雄。

2009年9月10日,董存瑞被评为"100位为新中国成立作出突出贡献的英雄模范人物"。

清平点评：

董存瑞是一个出身贫苦的农家子弟，从儿童团团长、民兵一直成长为主力部队的班长、战斗英雄，他所走过的革命道路正是那个时代的许多先进青年共同走过的道路，也就是在共产党发动群众、教育群众、领导群众的方针下，许多农家子弟逐渐觉醒，挣脱了原来的封建思想的束缚，为了解放中国走向了战斗的第一线，并成为改变历史的英雄中的一员。董存瑞就是他们中间的代表。

中华人民共和国成立两周年之际，毛泽东主席邀请董存瑞的父亲登上天安门城楼，参加国庆典礼，并亲切接见了他。朱德总司令也为董存瑞烈士的纪念碑亲笔题词"舍身为国，永垂不朽"。英雄董存瑞虽然尸骨无存，但其精神影响了很多人。在后来的解放战争、抗美援朝战争中，涌现出许多董存瑞式的英雄。

十五、塔山阻击战

发生在辽宁省锦州城西南方向的塔山阻击战,是辽沈战役的转折点。为了保障锦州攻城主力部队的侧翼安全,解放军阻援部队与增援锦州的国民党部队展开了一场硬碰硬的对决。

锦州之战的意义在于:解放军如果攻下了锦州,将把五十万国民党正规军的退路截断,等待他们的命运就只有被歼灭。相反,如果国民党的五十万军队退回到华北或者长江中下游一带,则大大增加了当地解放军部队取胜的难度。换言之,如果不能攻下锦州,全国解放至少推迟一年。而塔山阻击战的成功是锦州之战完胜的必要保障条件。其重大意义不言而喻。

但是,塔山就地形而言,既没有塔也没有山,全地区的制高点就是一个200多米高的土丘。当时,负责守卫塔山的部队是东北野战军四纵队、十一纵队等几支部队,而国民党军在塔山方向增援锦州的部队有十一个师,并且有飞机、大炮和海上军舰的炮火支援。敌众我寡,形势异常严峻。

1948年10月10日,天刚蒙蒙亮时,战斗开始。最先迎敌的就是解放军四纵队三十四团,也就是后来的塔山英雄团。紧接着各部队都加入了著名的塔山阻击战,基层连队一个接一个地进入阵地。有的连长在上阵地之前,带着全连官兵吃了点干粮,然后对全连士兵说:"这就是我带着你们吃的这辈子的最后一顿饭。同志们,吃完了就跟我上!"这是何等的英雄气概。

四纵队指挥员时时向东北野战军总部发电,汇报阵地的得失情况及部队的伤亡人数。这时候,东北野战军总指挥部回复了一个几近冷酷的命令:"我不要伤亡数字,我只要塔山。"

为了鼓舞塔山阻击战指挥员坚守阵地的信心,东北野战军总指挥部甚至破天荒地派了联络官到四纵队指挥部。所有的举措都让四纵队各位一线指挥员心思更加坚定：塔山既没有塔，也没有山。四纵队就是塔，四纵队就是山。

战斗一共进行了六天六夜，直至锦州城被攻破、锦州城防司令被俘，国民党增援锦州的所谓"东进兵团"都没有越过塔山一步。

战斗结束后，四纵队三十四团只有21人撤下了塔山阵地，团内伤亡惨重。但此役阻击部队共歼敌6000余人，胜利完成了阻击任务。这就是塔山英雄团21人下塔山的故事。后来毛泽东主席进北京检阅部队时，在队伍中看到了塔山英雄团的旗帜，给予了他们特别的礼遇。

辽沈战役在东北野战军攻克锦州后不久，即完成了歼敌主力部队于关外的主要任务，国民党只有一个军约两万人从海上乘船逃走。此役结束后，共产党领导的军队第一次在人数上超过了国民党军队，从而大大加快了全国解放的进程。

清平点评：

塔山阻击战在整个锦州解放战役中属阻击援兵部分，相比攻击锦州城的攻击战斗而言，只是整个战役的侧翼安全保障部分，相当于整个战役的配角。但是，塔山阻击战却将战役配角硬生生打成了战役主角，这在解放军战史上是唯一一次。

解放军战史上有很多次经典的阻击战，红军时期最重要的是湘江阻击战。孟良崮战役虽然号称"百万军中取上将首级"，但是其在四个方向上的阻击战却是整个战役中至关重要的，也是取胜的关键因素。在徐东阻击战中，宋时轮将军领导的十纵队更是赢得了"排炮不动必是十纵"的美誉。

阻击战比起攻击战而言，伤亡大、俘虏少、缴获微乎其微，按照军中的戏言是个"苦差事"。但是,阻击战往往在整场战役里面起着举足轻重的作用,尤其是面对兵力、火力强于己方的敌人时。

比如,在抗美援朝第五次战役中的铁原阻击战,可以说是扭转整个战局的铁血阻击战。中方的参战部队是63军,约两万四千人;敌方是美骑兵1师、美25师、英28旅、29旅,共五万多人。在此战的后半程,所谓的联合国军在中国志愿军的"礼拜攻势"(这是美军对中国志愿军的嘲讽,意思是中国军队的攻势最多只能持续一个星期)过后,大肆袭击志愿军的后勤补给线。同时,开动摩托化部队向志愿军部队身后进行快速纵深穿插,企图包围志愿军进攻部队。

由于志愿军的后勤补给一直是入朝作战以来的软肋,志愿军对敌人摩托化推进的速度也估计不足,就这样,志愿军数支部队的侧后方暴露了出来。于是,63军接到志愿军司令部的命令:在铁原一带展开阻敌战役,防御地域宽约25公里、纵深约20公里,持续时间15天,为志愿军其他部队组织有效的二线防御争取时间。

敌军在火力、兵力、作战态势、后勤补给,甚至地形都对自己有利的情况下,竟然在63军的铁血阻击面前始终不能前进一步。这场阻击战,强烈地打击了敌军前线指挥员的信心。战役整整进行了13个昼夜,最后以敌军不得不放弃进攻而结束。63军光荣地完成了志愿军司令部下达的阻击任务。

志愿军彻底打垮敌人作战信心的一战,是另外一场载入史册的阻击战——上甘岭战役,上甘岭甚至被美军称为伤心岭。上甘岭战役在本书中已有专文描述,在此就不赘述了。

十六、淮海战役支前大军

从1948年11月6日开始，围绕着军事重镇徐州，国共两党展开了事关中国前途命运的大血战，这就是淮海战役。双方投入兵力空前，共产党60万兵力的军队对阵国民党80万兵力的军队，并且取得了胜利。这在中国历史上是有记载的规模最大的战役。

在古今中外的战史中，以少胜多的战例并不鲜见。唯独在淮海战役中，军事实力占较大优势的国民党整师、整军、整个兵团地被消灭了，却连一个消灭共产党方整团建制的战例都没有。而且，从始至终，都是军事实力居劣势的共产党军队以积极主动的姿态去攻击国民党军队。到底是什么因素让共产党领导的军队有如此强烈的作战意愿和必胜信念呢？

这一切都是因为：共产党军队的后方补给，都依靠老百姓的小推车。小推车就是木制独轮车，是当时中国老百姓最常用的交通运输工具。共产党军队的辎重装备、弹药粮秣，80%是由支前民工以人背、肩挑、车推等方式运输的。为此，后方共出动小推车88万多辆，挑担31万副，上阵民工543万人。换一个说法，那就是每一个解放军战士身后，都有9个民工在支援保障作战。

当然，国民党在淮海战役中的失败也是因为他们高层的指挥错误。其中最重要的一个指挥错误是：在国民党军阵前，总指挥杜聿明和蒋介石在战前达成的一个总原则被蒋介石破坏了。

当时，国民党军在徐州城内集结了精锐重兵数十万人，如果据城墙的坚固、武器的精良，死守城池，解放军的攻坚战将进行得异常艰难，伤亡将会非常大。但是，这样会把徐州的国民党的整个重兵集团耗死在徐州周边一带。这里面可有蒋介石的嫡系部队，蒋介石绝对舍不得。

国民党的重兵集团如果不得不撤退，也可以到长江以南，据长江之险以保江南的半壁江山，那对他们来说，也将是相对比较好的军事格局。

基于这种考虑，杜聿明与蒋介石在战前达成了一个总的作战原则：打就不走，走就不打。也就是说，确定了在徐州作战到底，就据险守城；如果确定了要撤退，就要尽快走，尽早过长江，不要在路上与解放军纠缠。蒋介石在大战之前对这个原则表示了肯定。

但是，在杜聿明指挥国民党大军撤离的途中，蒋介石下令，要杜聿明停下来救援另外一个被解放军围困的兵团。杜聿明接到这个命令，仰天大哭。他意识到不仅被救援的那个兵团无法安全撤退，自己带领的几十万大军也将生死难测。

战事的发展果然不出杜聿明所料，解放军缠住杜聿明的军队后，围而不打。过了很长时间，国民党军就出现了缺粮现象。很多国民党基层士兵在阵前把枪一扔，到解放军的战壕里吃馒头去了。

淮海战役结束后，解放区人民筹集的军粮还剩约5亿斤。现代战争总体而言，打的就是后勤。国民党将领万万想不到的是：他们的坦克、大炮、卡车，竟败给了共产党支前老百姓的小推车。

清平点评：

西方的军事研究素来摒弃意识形态和精神作用，而只有经过了像上甘岭战役这样血与火的洗礼后，西方人才逐渐意识到：在军事装备、军事思想都没有明显差距的情况下，精神的力量无比强大。

西方在研究淮海战役国民党军队失败的原因时，并没有把国民党的政治腐败考虑在内，而国内的许多军事研究者都会把这一因素作为国民党失败的最重要的原因之一。也就是说，在抗日战争结束后的短短三四年内，国民党在与共产党的较量中败走台湾，军事上的失利其实不是最重要的因素，政治上的失败才是根本原因，国民党是败在了人心向背上。

至于国民党在政治上为什么会那么失败？这可以用共产党领导的人民军队的建军思想的一个层面来解释：人民军队的政治任务优先，有时甚至优于作战。国民党完全背弃了这一理念。

无论是红军时代、八路军时代，还是解放军时代，人民军队除了作战任务以外，还担任重要的政治任务——发动群众。而发动群众的最重要手段就是土地革命。土地革命的基本思想是把土豪劣绅的土地分给耕种的农民，实行"耕者有其田"的基本策略。如此一来，几乎所有分到土地的农民兄弟都无条件地支持人民军队。这就是淮海战役中，543万义务支前人员的政治基础，也是共产党军队以少胜多、以弱敌强的根本原因。

十七、邱少云 烈火永生

1926年，邱少云出生于重庆市铜梁县少云镇（原四川铜梁县关建乡）。他9岁丧父、11岁丧母，后来被川军抓去当了兵。1949年12月，刘邓大军解放了成都，当地川军部队大多被改编到中国人民解放军的战斗序列中，邱少云就这样成为了一名中国人民解放军的战士。后来，他加入中国人民志愿军，归属第15军的战斗序列。1951年3月，他随着志愿军赴朝作战。

1952年10月，邱少云所在部队接受了一项任务：消灭盘踞在平壤和金化之间三九一高地的美李匪军，把战线向南推进。然而，经过侦查，中国志愿军阵地到三九一高地之间，有一片3000米宽的开阔地带，这是敌人的炮火封锁区。要在这样的长距离火力封锁下冲锋或者推进，如果不讲究战术策略，部队损失会非常大。

因此，为了缩短冲击距离，出奇制胜，志愿军决定在发起攻击前一天的夜里，把部队潜伏在敌人阵地前沿，利用突然袭击，冲破敌人的火力封锁区。1952年10月11日夜里，志愿军部队组织500余人悄悄地抵达了指定的潜伏地点，邱少云所在的那个排距离敌人的前沿阵地仅60多米，周围草丛茂盛，非常有利于部队隐蔽潜伏。

1952年10月12日中午时分，美军随机发射炮弹，其中一发炮弹落在了邱少云的潜伏点附近，草丛立刻燃烧起来。不一会儿，火势蔓延到他的身上，燃着了他的棉衣。邱少云如果想自救，就地打个滚把身上的火压灭即可，但是为了避免暴露目标，确保其他潜伏着的500多名战友的安全以及入夜后成顺利展开对敌突袭，他放弃自救，咬紧牙关，任凭烈火烧焦自己的头发和皮肉。不知不觉中，他双手插进泥土里，但依然坚若磐石，纹丝不动。邱少云就这样苦苦坚持了三十多分钟，之后壮烈牺牲。

当夜的攻击任务完成得十分顺利，潜伏的战士们在响亮的冲锋号下，怀着为邱少云报仇的满腔怒火，迅速占领了三九一高地，歼灭了在该高地盘踞的美李匪军。战斗结束后，与邱少云一起参与潜伏任务的战友们对他的牺牲痛心不已。战死沙场，马革裹尸，是军人不得不面对的残酷现实。但是，像邱少云所经历的这种漫长的、痛苦的牺牲过程，简直比重庆渣滓洞里中美合作所的刑讯逼供更折磨人。

1952年11月6日，中国人民志愿军为邱少云追记特等功。1953年6月1日，邱少云被追授"中国人民志愿军一级英雄"称号。1953年8月30日，邱少云被追认为中国共产党党员。

邱少云当年所用的枪被保存在中国人民革命军事博物馆中，枪托已被烧成了炭黑色，但枪身依然完整。烈火吞噬了一个年轻的生命，但却在中国军史上留下了一个伟大的名字——邱少云。这位普通的四川籍战士，虽然加入解放军的战斗序列中还不足三年，但他却用最坚忍不拔的潜伏，帮助所在部队完成了最勇猛的突击任务。邱少云同志永垂不朽！

清平点评：

中国人民解放军自成立以来，一步一步由弱变强，铁一般的军规逐渐造就了忠诚勇敢的军魂，"纪律重于生命"就是其中非常重要的一条。

笔者平时喜欢看一些军事题材的节目，有时候看到训练新战士的情节，训练的准则便是：一人犯错，全班受罚。笔者起初是不太理解甚至有点抵触这个规矩的。笔者当初想：好汉做事好汉当，谁犯了错误就惩罚谁，其他人为什么一定要被株连？封建社会株连九族的罪刑都被抛弃了，这种惩处标准早就不应该出现在现代社会了。

但是，当笔者深入了解纪律对于部队管理的意义后，特别是仔细研读了邱少云牺牲的故事后，才发现要想培育出能打胜仗的队伍，"一人犯错，全班受罚"真的是至关重要的纪律。

在邱少云的故事中，潜伏部队中的500多人就是一个整体。邱少云虽然只是其中的一个个体，但是如果他一个人暴露了目标，那这500多人就要全部牺牲了。这是实实在在的"一人犯错，全班受罚"，而且付出的将是生命的代价。所以说，邱少云是用自己的牺牲，换取了其他人的安全。邱少云为了保护战友，所承受的痛苦为常人所不能，他是当之无愧的英雄！

十八、黄继光堵枪眼

1931年，黄继光出生于四川省中江县的一个山村，他自幼家境极为贫寒，六七岁时父亲病死，他从小就给地主放牛、做长工。1949年中华人民共和国成立后，黄继光成为了农会会员，还当上了民兵。

1951年3月，中江县征集抗美援朝志愿军新兵时，黄继光第一个报了名。体检时，他因为身材略矮，一开始并未被选中，但是来征兵的营长被黄继光积极报名参军的热情所感动，同意破格录取他。

黄继光到朝鲜战场前线后，被分配到第十五军第一三五团二营六连担任通讯员。1952年4月，他所在的部队到五圣山前沿阵地接防。同年10月14日，上甘岭战役开始了。10月19日晚，黄继光所在的第二营奉命向上甘岭右翼597.9高地发起反击，他们必须在天亮前占领阵地，才有可能获得胜利。因为天一亮，敌人的火力增援就变得特别猛烈，完成占领阵地的任务将变得根本没有可能。为此，美军还在上甘岭战役期间创造了一个专用名词——"范弗里特弹药量"（美军在此战役期间使用的弹药量是平常的五倍），即非常过度使用火力的意思。

敌军设在597.9高地至高点上的火力点持续扫射，将十五军的反击部队压制得无法前进。营里命令六连组织爆破组炸掉它。六连向敌军发起了5次冲锋，战士们一个一个倒下去，依然未能摧毁敌军的火力点。这时离天亮只剩40多分钟了，站在营参谋长身边的通讯员黄继光请求："把任务交给我吧。我只要有一口气在，就拼尽全力完成任务。"

营参谋长同意了他的请求，黄继光带着另外两名战士冲向了敌人的火力点。当快冲到火力点时，黄继光身边的两名战友都牺牲了，他也多处负伤，弹药也都用完了。他顽强地爬向火力点，冲着敌人狂喷火舌的枪口，挺起胸膛，张开双臂扑了上去。敌人的机枪哑火了，十五军的后续部队冲上去占领了阵地并全歼敌方守军。

事后战友们发现，黄继光的身躯仍然紧紧地压在敌人的射击孔上，他的手还紧紧地抓着射击孔周围的麻袋，他用胸膛死死地堵住了敌人的枪口。战友们仔细检查黄继光的遗体时，才发现他的腿已经被打断了，身上七处重伤，身后留下一道长长的血印。

很难想象，在生命的最后时刻，黄继光是以何等坚韧的毅力，拖着重伤的身躯，爬到敌人的地堡前，最终拼尽全力一跃而起。收殓黄继光遗体的时候，他的双臂仍然高举着，保持着趴在敌人射击孔上的姿态。医护人员用热毛巾捂在他的手臂上整整三天，他的双臂才能放下来。战友们给他换上了一身崭新的中国人民志愿军军服，将他入殓在一口从祖国运来的棺木中。愿烈士黄继光的英灵得以安息。

清平点评：

黄继光牺牲后，被评为"特级战斗英雄"。在整个志愿军军史中，只有两位特级战斗英雄，黄继光就是其中一位，另一位是杨根思。如果读者们感兴趣，可以去查阅相关资料，了解关于他的英雄事迹。

在黄继光牺牲一年之后，他的母亲将小儿子也送入了中国人民志愿军的队伍。临行前，黄继光的母亲叮嘱小儿子一定要像哥哥那样杀敌立功，报效国家。黄继光的弟弟也来到了朝鲜战场的第一线，加入了哥哥曾经战斗过的部队，并于1958年凯旋。

董存瑞、邱少云、黄继光都是中国人民解放军军史上的年轻的战斗英雄。中国人民解放军的立功制度使得大量的军功倾向于战斗在第一线的士兵，尤其是英勇牺牲的烈士。这一点完全不同于蒋介石所领导的国民党军队。国民党军队的勋章、佩剑都是发给各级将官的，未曾授予任何一位普通士兵。这体现了蒋介石对底层士兵的轻视。

董存瑞、黄继光都是在清除敌人重火力点时英勇牺牲的。现代战争的作战形式发生了根本性的变化，战场第一线的重火力点可以由一线士兵呼叫空中火力或者后方远程火力加以清除。这大大降低了一线作战人员的伤亡，同时还提升了作战效率。

十九、最可爱的人

《谁是最可爱的人》是魏巍从朝鲜战场归来后创作的报告文学，最初于1951年4月11日在《人民日报》头版头条上整篇刊登。毛泽东主席阅后批示：印发全军。后来，此文入选中学语文课本，影响了数代中国人。从此以后，解放军被人们亲切地称为"最可爱的人"。

　　《谁是最可爱的人》通过描写松骨峰战斗、青年战士马玉祥火场救朝鲜孤儿、不知名战士在防空洞内就着雪吃炒面这三个片断，描绘了多位志愿战士形象，层层深入地展示了广大志愿军战士的性格、胸怀和品质。

　　魏巍刚被调到总政时，上级派了他和其他同事组成的小组去朝鲜了解美军战俘的思想情况，以便开展对敌政治斗争。魏巍完成调查任务后，给总部领导写了一篇详尽的调查报告。这时，魏巍本可以回国了，但他却选择走上了前线，在前沿阵地采访了三个月。就是这三个月让他终生难忘。

　　回国后，魏巍始终按捺不住内心的创作激情。《谁是最可爱的人》这个题目不是他硬想出来的，而是从心底里涌出来的，从情感的浪潮中迸发出来的。能写出这篇文章，是志愿军战士们的英雄事迹把作者魏巍彻底感动了。

　　在整个抗美援朝期间，不仅第一线的战士们表现出坚强的战斗意志，志愿军的后勤部队里也涌现出一批又一批"最可爱的人"。

　　抗美援朝战争是我军战史上现代化程度最高的一场战争。具体体现在后勤作战同以往所有作战完全不同。美军依仗空军优势，一直把切断志愿军的补给线作为其战略目标。因此，志愿军在运输交通线上的反轰炸战争的胜负，直接关系到整场战争的胜负。

　　在解放军以往的战斗中，作战物资的补给基本上靠从战场缴获或就近从民众中征集，很少有远距离运输的情况，淮海战役中的主要运输工具是独轮车。但在朝鲜战场上，情况完全不同，前线的补给全靠从国内运送，主要运输工具是汽车、火车。而美军把破坏志愿军后方交通线作为重要战略手段，使志愿军的物资运输陷入到困境之中。

　　于是，中央军委决定成立志愿军后方勤务司令部。工兵、炮兵、通信、运输、铁道兵各部队，工程部队和医院等，统归志愿军后勤司令部管理，洪学智为司令员。为了适应前线的需要，洪学智建立起了分区供应与建制供应相结合的供应体制。并在此基础上，充分发挥一线战士的积极性，鼓励大家一起为保障物资补给出主意、想办法。

　　为了克服江水浪高水大、桥梁短期难以修复的问题，后勤司令部经研究后决定把某些物资直接投入江里，让水流帮助运输。这就是著名的"倒三江"。有些新修复的铁路便桥承受不了火车头的重量，铁道兵就想出别的办法：在桥的一边用火车头把装有物资的车皮推过江，再由等候在江对面的火车头把车皮拉走，这样一来两边的火车头都不用上桥。这在当时被称为"顶牛过江"。

　　志愿军铁道兵还想出许多令人拍案叫绝的办法：如，将桥的高度降到水面以下，成为敌机看不到的"水下桥"；将有些桥在通车后立即拆除重要部件，夜晚再搭上，成为昼拆夜架的活动便桥；在有些正桥较远处修造便桥和便线，这样即使敌人炸毁一处，另一处仍可以通车。

　　抗美援朝期间，中国人民志愿军后勤部队在朝鲜人民及军队的配合下，抵抗住了美国空军对朝鲜北部铁路、公路的轰炸和封锁，保障了志愿军前线的后勤补给，创造了惊人的奇迹，被誉为"打不断、炸不烂的钢铁运输线"。

清平点评：

　　魏巍的作品描述了作战第一线上的"最可爱的人"，在志愿军的后勤补给线上,也涌现出一批又一批"最可爱的人"。他们为中国赢得了宝贵的和平建设时期。一直到今天,还很少有军队敢在地面上挑衅中国人民解放军。

当初,朝鲜人民军被从仁川登陆的美军抄了后路,开始大规模溃退之后,中国政府曾经严正警告美军:"你们不要越过北纬38°线(三八线)。"但是美军置若罔闻,不但越过了三八线,还曾经一度逼近中朝边境的鸭绿江。中国人民志愿军经过数年艰苦卓绝的对联合国军作战,终于把战线重新稳定在了北纬38°附近。以至于联合国军不得不签署停战协议。

1961年开始,越南战争期间,中国政府再次严正警告美军:"不可以越过北纬17°线,否则中国军队将出兵。"这次中国政府的正告就起了作用。不仅美军的地面部队未曾越过该线,就连战斗机也装有靠近北纬17°线会发出警告的装置。最后,美军于1973年无功而返,狼狈撤离越南。

在和平建设时期,解放军始终不忘"政治任务优先"的建军思想。但凡发生较大的自然灾害,如唐山大地震、汶川大地震,人民军队都会第一时间冲在最前面。灾区的百姓只要看到军人的身影,就知道自己肯定会得救了。这是建军九十多年不变的军魂,体现了情意深厚的军民鱼水情。

毛岸英是毛泽东主席与妻子杨开慧的长子，1922年10月24日出生于长沙。1930年杨开慧被湖南军阀逮捕时，年仅8岁的毛岸英也被一同抓进了监狱。不久后毛岸英被救出狱，随后被带到了上海，由上海地下党组织抚养。

1933年，中共中央被迫离开上海，迁往江西瑞金，党组织对毛岸英和他兄弟的经济资助被迫中断，竟使毛岸英三兄弟在上海街头流浪数年。1936年，他们才在党组织的安排下被送到莫斯科的国际儿童院。

1941年苏联卫国战争爆发后，毛岸英坚决要求参加苏联的卫国战争，并因此获得中尉军衔。不久后，毛岸英进入伏龙芝军事学院学习。1946年1月，他回到延安。临行前，斯大林专门接见了他，并赠送他一支手枪。

毛主席听说儿子要从苏联回来了，高兴地抱病去机场迎接。见到多年未见的儿子，主席的心情和身体一下子好了许多。但父子二人在一起只吃了两天饭，毛主席便要求毛岸英到机关食堂吃大灶，并安排他到当地劳动模范家中学种地，上"劳动大学"，以便深入地了解中国这个农业大国。

毛岸英非常积极地补上"劳动大学"，在解放区随土地改革工作队一起工作。他做过基层宣传工作，也当过秘书，解放初期还曾到工厂基层参加工作。

1949年10月15日，毛岸英和刘思齐在北京结婚，毛泽东亲自为他们主持婚礼，婚礼隆重而简朴。毛泽东只送了一件大衣给毛岸英，说："白天岸英穿着，晚上就盖在被子上，两个人都盖着，都会暖和些。这勉强算是给你们小夫妻的礼物吧。"

朝鲜战争爆发后，彭德怀将军临危受命成为中国人民志愿军司令员。毛主席找到彭德怀，要求他收下毛岸英这个志愿军战士。彭德怀将军深受感动，当场收下了这位第一个报名参加志愿军的战士。

毛岸英进入朝鲜战场后，担任志愿军司令部俄语翻译兼机要秘书。1950年11月25日上午，毛岸英在美军空袭中壮烈牺牲，年仅28岁。

在抗美援朝第二次战役结束后，毛主席才拿到儿子牺牲的电报，起初他不敢相信这是事实，几乎整整一天没说一句话，只是一支又一支地吸烟。

毛岸英赴朝鲜时，毛主席因为工作繁忙，未能去送，谁知这一离开竟成了永别。秘书将如何安葬毛岸英烈士的电报文稿交给毛主席签字时，毛主席犹豫了一下，用手指了指写字台，示意秘书将电报文稿先放在上面。

第二天一早，秘书来到毛主席的卧室。此时，毛主席已经出去了，放在枕头上的电报文稿上写着一行醒目的大字：青山处处埋忠骨，何须马革裹尸还。电报文稿下是被泪水打湿的枕巾。

清平点评：

本篇主要讲了毛主席的爱子毛岸英在抗美援朝战争中光荣牺牲后，毛主席对儿子遗体是否归国安葬的抉择过程，表现出老一辈革命家异乎常人的革命情感和超人的胸怀。

毛岸英最后被安葬于朝鲜平安南道桧仓郡的中国人民志愿军烈士陵园。毛岸英牺牲三年后，他的爱人刘思齐才得知这个消息。1959年，刘思齐第一次去烈士陵园为牺牲的丈夫扫墓，所有的相关费用都由毛主席个人支付。20世纪80年代以后，刘思齐又去过几次朝鲜，为毛岸英烈士扫墓。

1976年9月9日，毛主席去世。中央警卫局的同志在清理毛主席的遗物时，无意中在角落里发现了一个不起眼的小柜子。打开一看，里面装的是毛主席珍藏的毛岸英的几件衣物，有衬衣、袜子、毛巾和一顶军帽。这些物品都不是毛主席身边的工作人员帮忙收拾的，他们从未见过这些物品。从毛岸英牺牲到毛主席逝世，时隔26年，毛主席把儿子的这些衣物珍藏在身边，怀着对儿子深深的思念。

2009年9月14日，毛岸英被评为"100位新中国成立以来感动中国人物"之一。毛岸英是毛主席的儿子，也是一位普通的烈士，历史将永远铭记他。

笔锋至此，笔者不禁默念起人民英雄纪念碑上周恩来总理的题词：

三年以来，在人民解放战争和人民革命战争中牺牲的人民英雄们永垂不朽！

三十年以来，在人民解放战争和人民革命战争中牺牲的人民英雄们永垂不朽！

由此上溯到一千八百四十年，从那时起，为了反对内外敌人，争取民族独立和人民自由幸福，在历次斗争中牺牲的人民英雄们永垂不朽！